100個傳家故事

蘇格拉底的智慧

周姚萍、陳啟淦、徐國能、黃秋芳、湯芝萱
陳正治、謝鴻文、羅吉希、岑澎維　等｜合著
KIDSLAND 兒童島｜繪

序一

閱讀與美德培養

張子樟
青少年文學閱讀推廣人

細讀當代臺灣兒童文學名家撰寫的這些「傳家故事」，令人想起二十世紀九十年代初，美國雷根時代的教育部長班奈特（William J. Bennett）編選的《美德書》（*The Book of Virtues: A Treasury of Great Moral Stories*）一書。這位教育學者竭盡全力，從世界經典名著中，蒐集能讓讀者產生勵志作用，從而展現和培養珍貴恆久的美德的故事。

為什麼班奈特要賣力的去做這件辛苦工作？因為他發現，現代父母教育子女的方式有些偏差現象，只重視子女未來的成就，因此教養重心幾乎全放在教導子女如何在學業、運動場上或職業場上與他人競爭，把子女的成就放在一切之上，卻不管（或忽略）孩子的禮儀或品德。

在班奈特看來，父母只教育子女追求私益，而忽略了道德教育，會使得子女未來必須處在一個更不安全、更不幸福的社會中求生存。身為教育家，他特別重視品德教育，開始從世界經典名著中，蒐集能讓讀者產生勵志作用，從而展現及培養珍貴恆久的美德的故事。《美德書》全書分為十大主題：自律、憐憫、責任、友誼、工作、勇氣、毅力、誠實、忠誠、信仰。

所謂美德，見仁見智，只要是正向的都是。前臺灣大學精神科醫師宋維村在為《漢聲精選世界成長文學》系列撰寫的序文中，提到少年人格成長的必備十大品德：勇氣、正義、愛心、道德、倫理、友誼、自律、奮鬥、責任、合作。對照之下，他的說法與班奈特的重疊頗多，足以證明中外學者都想藉由文學作品，做為品德教育的輔助，在潛移默化中，提升讀者的品格。

《100個傳家故事》每篇作品的篇幅雖不長，卻都隱含前面提到的一種以上的美德，非常適合親子閱讀。父母應該與子女一起共讀這些好故事，並且鼓勵孩子說說他們細讀後的感受。父母要謙卑細聽孩子的一言一語，千萬不要插嘴中斷孩子的想法，然後再回頭詳細剖析故事的內涵；在不動聲色的討論中，潛移默化的功能會發揮無遺，影響孩子一生的處世待人方式。

如果不想讓孩子成為二〇〇七年諾貝爾文學獎得主英國女作家萊辛（Doris Lessing, 1919-2013）口中的「受過教育的野蠻人」（the Educated Barbarians），鼓勵孩子大量閱讀這類名家書寫的優秀作品，是不二法門。

序二

好故事，是傳家寶

馮季眉　字畝文化社長兼總編輯

不久前，字畝文化邀請了四十位優秀的臺灣兒童文學作家，共同採集聽過或讀過、印象深刻的好故事，將這些故事以當代的語言改寫重述，提煉濃縮為八百字的短篇，讓好故事繼續流傳。

故事的篇幅設定為每篇八百字左右，這長度正適合兒童利用零碎時間閱讀，隨時隨地都能享受閱讀的樂趣。而閱讀或講述一篇八百字故事，約需五分鐘，因此也很適合親子共讀、床邊故事、校園晨讀，或是做為說故事及朗讀的素材。故事取材沒有設限，一本故事裡，可以讀到童話、寓言、神話、民間故事等不同的文類，故事來源則涵蓋古今中外的兒童文學名著、未經書寫的口傳故事，可以帶領小讀者穿越時空、出入古今。這種閱讀體驗，相對於閱讀一本單一主題的書，更富變化也更新鮮有趣。這就是第一套「最新八百字故事」：《111個最難忘的故事》的誕生過程。

這個編輯企畫，透過不同世代的作家，進行故事採集。採集而來的故事，既多樣化又十分精采好看。有位媽媽讀者說，這套故事喚醒她的童年閱讀記憶，忍不住和孩子搶著看，重溫故事帶來的快樂。有位爸爸驚喜的說，在這套書裡找到「失聯已久的老朋友」，因為其中有許多故事是他童年的良伴。還有家長告訴我們，他們很高興孩子有機會讀到爸媽小時候讀過的故事，孩子們讀得津津有味，故事成了世代間交流的觸媒。

「最新八百字故事」企畫之初，就設定這是可以長期進行的書系，因此，再接再厲推出第二套「最新八百字故事」，以「傳家故事」為主題，邀請最會講故事的作者群，再度聯手為小讀者獻上《100個傳家故事》。

何謂「傳家故事」？就是適合說給孩子、孫子聽的故事，值得推薦給下一代的故事。這些故事，蘊含了我們深信是孩子們需要學習、應該擁有的特質，如：生活的智慧、危機處理的機智，幽默、樂觀、寬

容、愛心、樸實、尊重、勇敢等特質，以及幻想、冒險、探索等能力。如果你想給孩子一樣傳家寶，就給他這套故事吧，孩子從中萃取的智慧與品德，才是真正的傳家寶。

目錄

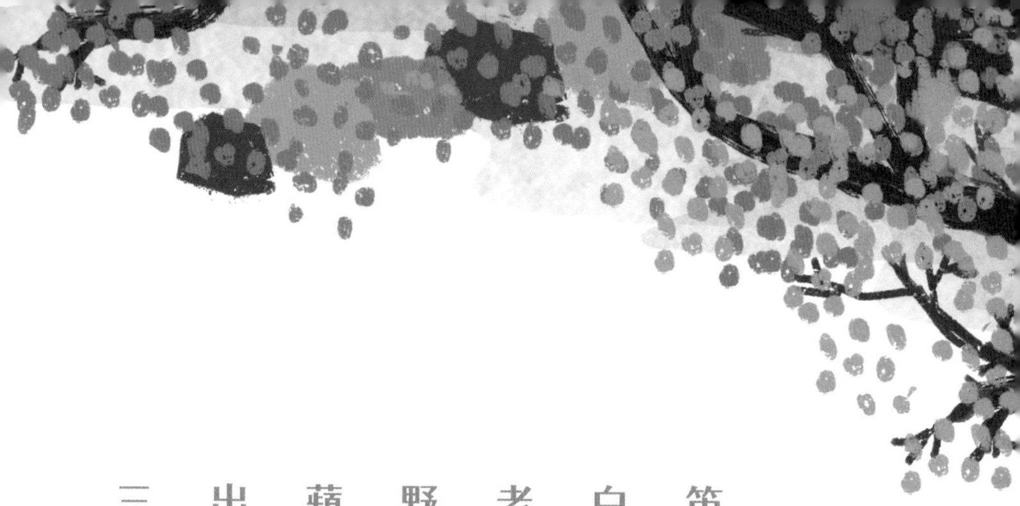

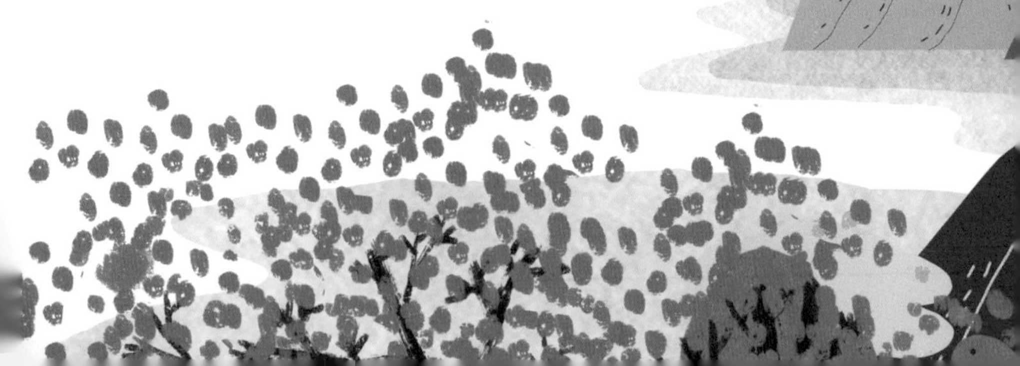

蘇格拉底的智慧

周姚萍
．改寫自民間故事

兩千多年前，希臘有一位非常有名的思想家，叫做蘇格拉底。蘇格拉底非常有智慧，吸引很多學生跟隨他學習。其中有三個學生，想找出「快樂」在哪裡，於是到處尋找「快樂」。

他們走入擺滿陶器、毛衣、無花果等各色商品的市場裡，盡興遊逛、盡情購買，覺得暢快不已。然而，採購完，望著不見得需要的物品，竟生出了煩惱！

他們喝酒，開懷暢飲，大聲笑鬧。然而，不多久，只剩下劇烈的頭疼和空虛感。

他們爬上小山，眺望遠方，苦思：「到底哪裡有快樂？」可是想再久也想不出答案，反而陷入了痛苦中！

最後，三位年輕人沒辦法，跑去問老師蘇格拉底：「快樂到底在哪裡呢？」

蘇格拉底並沒有針對這個問題給他們回答，反而說：「我需要一條船，你們先去幫我造一條船吧！」

三位年輕人暫時把「尋找快樂」這件事擺在一旁，一起走入森

林，尋找適合製造船隻的樹木。森林裡生機蓬勃，樹木昂然挺立，蟲鳥大聲鳴唱。他們仔細審視、互相討論，終於找到一棵大家都認為很適合的橡樹，並以接力的方式鋸倒它。

接著，由擅長木工的年輕人，領著其他兩人，花了許多天的時間，將樹幹挖空、細細刨平，做出獨木舟的船體和船槳。

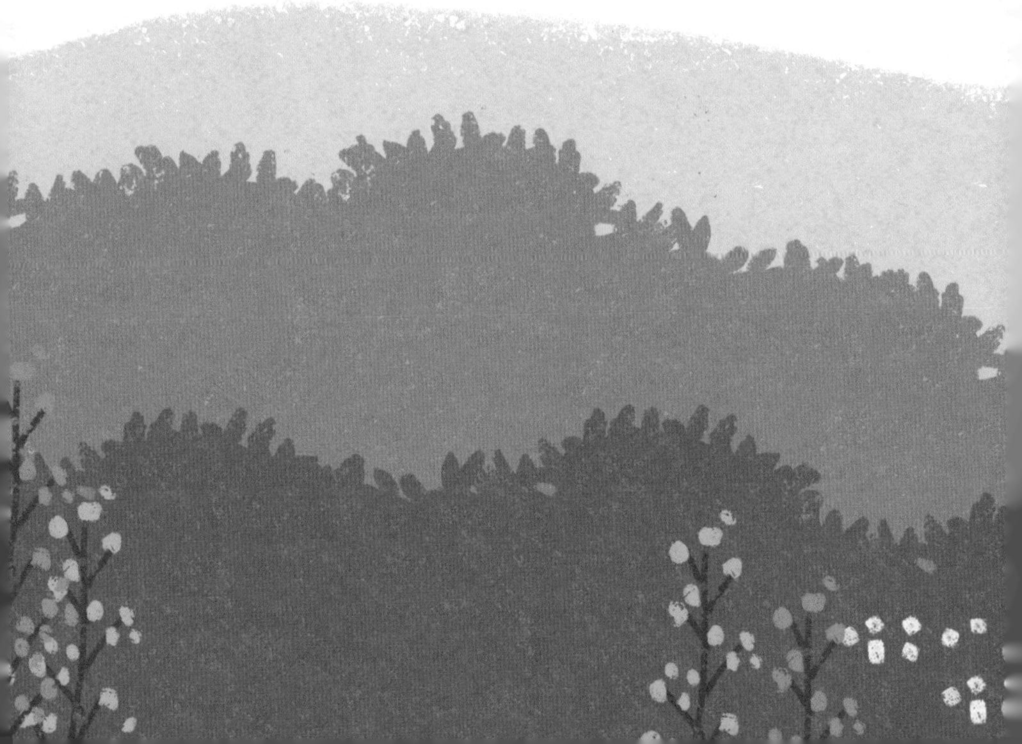

「看哪！我們的成果！」三人歡喜不已。

「再讓它變得更美吧！」熟悉繪畫、雕刻技藝的年輕人，開始在船身畫起漂亮的紋路，然後指導同伴細細雕刻。等雕刻完畢，塗上防水塗料，獨一無二的獨木舟便完成了。

他們興奮的抬著獨木舟下水，由最諳水性的年輕人試划。當獨木舟順利漂浮在水中，並隨著下水的槳，飛速往前進時，岸上的兩人都鼓起掌來。

「快去請老師過來吧！」獨木舟上的年輕人喊。

「好。」岸上的兩人歡歡喜喜飛奔而去。

蘇格拉底來了，偕同三位學生一起搭上船，並合力搖槳，划入明媚的風光中，三位年輕人不由得齊聲唱起歌來。

蘇格拉底露出微笑，問道：「孩子們，你們快樂嗎？」

他們異口同聲的回答：「快樂極了！」

傳家小語

人們總是追求快樂。然而，外在及物質的快樂並不長久，甚至在轉瞬間化為空虛，惹來煩惱。可以讓人快樂的事似乎很多，但是若非親身實踐，快樂依然不會來拜訪。實踐，並且從實踐中找到自我的力量，一點一滴累積起來，那樣的快樂，才是踏實、恆久、真正屬於自己的。

故事傳承人

周姚萍，兒童文學工作者，創作少兒小說、童話、繪本文本。著有《日落臺北城》、《臺灣小兵造飛機》、《山城之夏》、《我的名字叫希望》、《守護寶地大作戰》、《翻轉！假期！》等少兒小說；《妖精老屋》、《魔法豬鼻子》、《大巨人普普》等童話。繪本作品則有《鐘聲喚醒的故事》、《想不到妖怪鎮》等。

創作童書曾獲金鼎獎優良圖書推薦獎、聯合報讀書人最佳童書獎、幼獅青少年文學獎、九歌年度童話獎、好書大家讀年度最佳少年兒童讀物獎等獎項。

國王與九色鹿

陳啓淦・改寫自佛教故事

在一座隱密的山林中，住著一群鹿，牠們遠離人群，過著悠閒自在的生活。其中一隻鹿王，牠的體態健美，身上有著九種色彩，光澤十分美麗。

山林中有一條溪澗流過，溪水十分清澈。

「救命喔！」

有一天，鹿王在河邊聽到求救的聲音，循著聲音跑過去，看到有一個人在水中載沉載浮。當時水流十分湍急，四周沒有其他人，若不立刻施以援手，這個人在幾分鐘後必定會被滾滾溪水吞沒。

鹿王毫不猶豫迅速跳下水，在逆流中與惡水搏鬥，好不容易游到那人身邊。那個人緊緊抓住鹿角，爬上鹿王的背，鹿王慢慢游上岸。

上岸後，鹿王和那個人都累得躺在草地上，全身乏力動彈不得。

休息了片刻，鹿王站起身來，問那個人說：「你沒事吧？」

「沒事，謝謝你。」眼前的這隻鹿竟然會講話，那個人內心十分驚訝。

「沒事就好。」鹿王說。

「感謝你的救命之恩，我願意在你身邊作僕奴，每天取水、割草來供養你。」

鹿王沒有接受，牠說：「你的好意我心領了，我不希望你報答，只要求你回去以後，千萬別向別人吐露我的行蹤，否則人們會來獵捕我，剝取我美麗的皮毛。」

那個人當場發誓，絕不會洩露鹿王的行蹤。

有一天，皇后作了一個夢，夢見山裡有一隻九色鹿，全身皮毛光彩美麗。她想：「若能將鹿皮拿來做衣服，不知有多好。」

她向國王請求：「您一定要派人抓到這隻九色鹿，我要做一件世界上最漂亮的鹿皮大衣。」

國王非常疼愛妻子，於是命人張貼告示：若有人能獵捕九色鹿或知道九色鹿的行蹤，可獲得一個官職和大筆黃金賞賜。

得知國王重金懸賞九色鹿的消息，溺水者起了貪婪之心，把自己的誓言拋到腦後。他跑去求見國王，說：「我知道九色鹿在什麼地方！」

國王大喜，率領了大批人馬，跟著他來到九色鹿隱藏的山林。九色鹿發現被國王的人馬重重圍住，很多弓箭對準了自己，沒有辦法逃跑了。於是，牠對國王說：「請不要射我，我有話要說！」

國王聽了下令道：「先不要射牠，聽聽牠怎麼說。」

九色鹿指著那個人，把事情經過告訴國王。牠冒著生命的危險救了溺水的人，對方卻為了官位和黃金出賣恩人。國王聽了大為感動，禁止捕殺所有的鹿，並將那個忘恩背信的人重重處罰。

從此以後，九色鹿和牠的鹿群，在山林裡過著平靜快樂的生活。

傳家小語

從小聽過許多佛經裡的故事，印象最深刻的是〈九色鹿〉。小時候想不通，為何世間會有這種沒良心的人？難道不怕惡有惡報嗎？長大後才了解，社會充滿了誘惑，使得許多人為了金錢和官位，違背自己的良心，去傷害朋友、傷害社會，甚至傷害國家。

能夠拒絕誘惑與貪念，就不容易變壞。

故事傳承人

陳啓淦，兒童文學作家，寫兒童詩、童話和小說。曾是火車列車長和車站副站長。

得過海峽兩岸十多個獎項，包括：冰心兒童文學新作獎、上海童話報年度最佳童話、洪建全兒童文學獎等。著作超過七十本，有：《日落紅瓦厝》、《老鷹健身房》、《一百座山的傳說》、《月夜·驛站·夜快車》等。

仗義的金鵰

徐國能

· 改寫自杜甫詩

大詩人杜甫，近來覺得自己非常委屈。他的老朋友房琯，曾經在他落魄時非常照顧他，但近來皇帝卻為了一件小事，要處罰房琯，免去他的官職。身為諫官，杜甫的工作就是要提醒皇帝有些決定可能不適當，於是他便寫了奏議，請皇帝收回成命。沒想到，皇帝更加生氣，竟然連杜甫一起處罰，要把杜甫趕出長安城。

杜甫懷著鬱悶的心情，漫步到長安郊外的山林，走著走著，忽然聽到有人叫著：「杜先生，杜先生。」杜甫抬頭一看，原來是樵夫阿山，他正背著一捆柴，氣喘吁吁準備下山呢。

杜甫坐在山道旁的樹樁上，從包袱裡拿出麵餅、清茶，邀請阿山一起聊聊。原來啊，阿山常去杜甫家送柴，已經和杜甫成為好朋友了。

「您知道這山裡前幾天發生的奇事嗎？」阿山一坐下來就打開了話匣子。

「什麼奇事？」杜甫問：「該不會有猛虎傷人吧？」

「不是的。您還記不記得，前面的峭壁上，有一株形狀奇特的老松樹？」

「是啊，那姿勢真是古拙，我還想為它寫詩呢！」杜甫說：「我記得樹上好像有個鷹巢，住著一對威猛的蒼鷹。」

「唉呀，那天我去砍柴，正走到那附近，忽然聽到一聲淒厲的鷹鳴，」阿山說，「原來是那頭雌鷹，在天空盤旋，而且幾次俯衝下來，卻又逃了上去。您說，奇怪不奇怪？」

「到底發生什麼事了呢？」杜甫被阿山的描述引發了興趣。

「嘿，我也很好奇，我爬上一棵大樹想看個究竟，一看，差點兒嚇壞我，」阿山說，「一條好大的白蛇，比我大腿還粗啊，有幾十尺長，竟然攀上了那棵老松樹，吞掉了巢裡還不會飛的小鷹。那頭雌鷹

制不住白蛇，著急啊！」

「竟有此事！後來呢？」杜甫很急切的問。

「不一會兒，雄鷹回來，兩鷹鬥白蛇，竟然也占不到上風。」

阿山說：「那雄鷹啊，竟然就飛走了。」

「這個無情無義的傢伙！」杜甫聽了忿忿不平。

「不，不，您聽我說。」阿山接著講：「沒多久，那雄鷹領著一頭金鵰回來，翅膀張開有一個人高啊，那金鵰就和白蛇鬥了起來。」

「好傢伙！結果呢？」

「白蛇昂起頭來，力氣很大，好幾次將金鵰撞得跌下山崖，毛羽亂飛。」阿山說：「可沒想到，那金鵰一次一次奮起，最後利爪攫住白蛇，把牠拉離樹枝，愈飛愈高。我看得可清楚啦，白蛇在天上不停扭動呢！」

杜甫聽得目瞪口呆，阿山接著說：「忽然金鵰爪子一放，將白蛇從空中摔了下來，落在地上動也不動。待我爬下樹去看時，發現牠已死透啦！」

「好英勇的金鵰啊！」杜甫讚嘆道。

「是啊，那金鵰在空中長鳴一聲，轉眼就消失在雲中。」阿山說：「杜大人，您說，這是不是急人之難，有義氣的好漢子？」

杜甫聽了這個故事，胸中熱血沸騰，想到自己為了朋友仗義執言，卻被皇帝處罰的遭遇，忽然覺得和這頭金鵰的捨命救友相比，自己所做的，實在不算什麼。他辭別阿山，獨自登上山崖，凜冽的風中，他在心中完成了〈義鵰行〉詩篇。

傳家小語

這篇故事改寫自唐朝詩人杜甫的動物詩〈義鶻行〉，他用一頭大鶻協助老鷹抵抗強敵的故事，反映他自己為了朋友的清白，不惜冒著生命危險上書皇帝的心情。詩中大鶻的英勇和正義，正是杜甫的寫照。我們可以在這個故事中，看到「正義」的形象；詩人也勉勵大家，在朋友需要我們的時候，應該勇於相助。

故事傳承人

徐國能，臺灣師範大學博士，目前為臺灣師大國文系教授。曾獲聯合報、中國時報等文學獎。著有散文集《第九味》、《煮字為藥》、《綠櫻桃》等，童書《文字魔法師》、《字從哪裡來》等。

諸葛亮的妻子

黃秋芳 · 改寫自民間故事

傳說，河南名士黃承彥的獨生女兒黃月英，從小跟著名師，非常用功。畢業時，老師送她一把刻著「明」和「亮」的鵝毛扇，交代她：「記得噢！以後遇到姓名中有明、亮這兩個字的人，就是你最好的心靈夥伴。」

回家後，她在父親的讀書會裡認識諸葛亮，朋友們都叫他「孔明」。咦？這不就是命中註定的「明」和「亮」兩個字嗎？她仔細觀察諸葛亮，聰明又謙虛，淡泊又寧靜，剛好就是她喜歡的樣子。

有一天，諸葛亮到黃家拜訪，一進門，兩隻狗迎面撲來，他嚇了一大跳。幸好黃承彥趕過來，在狗耳上擰了兩下，狗竟然乖乖退到一邊趴下。諸葛亮仔細一看，原來是木頭做的機械狗，好厲害啊！黃承彥自豪的說：「這是我女兒隨手做著玩的啦！」

諸葛亮坐下，看到牆上掛的圖畫，畫得真好！他忍不住讚嘆，黃承彥又開心的說：「哈哈，我女兒畫的，不錯吧？」

接著，諸葛亮望向窗外，繁花似錦，滿園的芬芳，讓人心情都跟著變輕鬆。黃承彥更是得意洋洋：「這些花啊，都是我女兒的心血，

從播種、灌溉、剪枝、護理，全都一手操辦。」

這讓心懷大志的諸葛亮特別感動，他一直立志要促成天下太平，最適合他的妻子，就是這種優雅、聰明、能幹又獨立的女子，彷彿她有能力，和他一起撐起世界。

兩人很快就在大家的祝福中結婚了。婚後，諸葛亮常和朋友聚在家裡，有人愛吃飯，有人想吃麵，遇到家中沒有米和麵時，諸葛亮囑咐妻子快去採買，沒想到，一會兒就開飯了。諸葛亮很驚奇，等客人離開後進入廚房一瞧，才發現妻子做了幾個木頭人舂米，又做了木驢在拉磨，他好敬佩妻子懂得這些機械的技巧。後來在伐

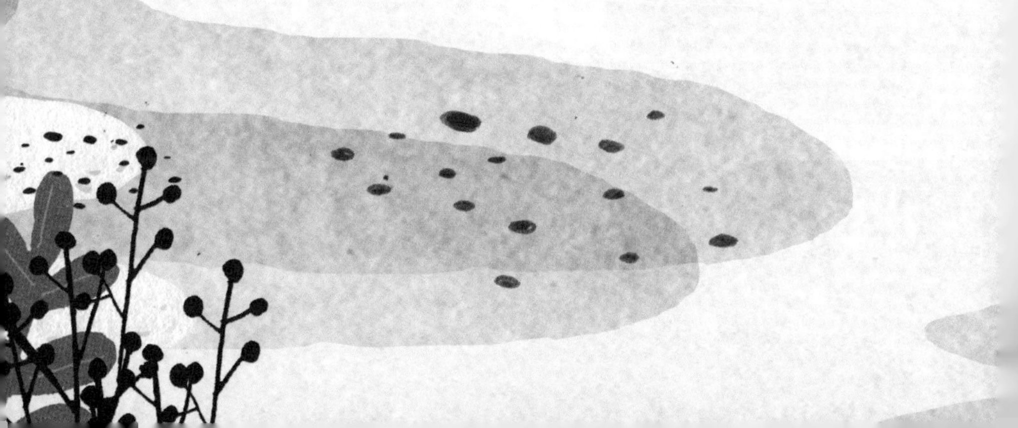

魏時，為了走山路運輸大軍糧草，諸葛亮靈機一動，把木人、木驢，改良成「木牛」和「流馬」，木牛每天能走二十里，流馬還能爬山呢！

結婚時，黃月英把老師送的鵝毛扇轉送給諸葛亮。劉備三顧茅廬後，諸葛亮當上丞相，出生入死，無論到了哪裡，總是和鵝毛扇形影不離，可見他們夫妻之間真摯的感情，以及他對妻子的尊重和感謝。

諸葛亮感謝妻子守在家中，教養幼兒，帶領族人，還種了八百棵桑樹，教導大家改善蠶絲生產，讓諸葛家深受敬重。這都是智慧的力量啊！

傳家小語

有人說，諸葛亮的妻子很醜。也有人說，諸葛亮的妻子很漂亮，只是她希望找個心靈伴侶，不希望對方以貌取人，所以故意讓人傳說她很醜，這樣才能找到不在乎外貌、真正珍惜她的品德與智慧的人。

選擇伴侶，該選漂亮的還是聰明能幹的呢？每個人的想法不一樣。我認為，懂得真心相待，一輩子互相尊重、感謝，是最理想的伴侶。

故事傳承人

黃秋芳，臺大中文系、臺東大學兒文所，經營「黃秋芳創作坊」。曾獲臺灣兒童文學協會童話獎首獎、文建會兒歌獎、九歌少年小說獎、臺東大學童話獎、九歌年度童話獎；教育部文藝獎小說組首獎、吳濁流文學獎小說獎、中興文藝獎章小說獎、法律文學獎小說創作特別獎。出版童話《床母娘的寶貝》，少年小說《魔法雙眼皮》、《不要說再見》、《向有光的地方走去》，兒童文學研究論述《兒童文學的遊戲性》，及散文、報導、作文教學等多種專著。

神鳥

湯芝萱
・改寫自《莊子》

有一隻海鳥，不知道被什麼吸引了，飛到魯國附近一棵大樹上停棲，樣子看起來有幾分神氣。

當地離海岸有點距離，沒有人看過這種鳥，人們議論著：「是神鳥吧！看牠羽毛顏色有多潔白！」「一定是神鳥，牠鳴叫的聲音好響亮！」

消息很快就傳到了當地最有權力的人，也就是魯國國王的耳中，他立刻命令兵士活捉那隻神鳥。兵士們費了好一番工夫，好不容易才捉到神鳥，趕緊關進籠子送進王宮。

「太好了！太好了！捉到神鳥是吉兆哇！」魯國國王愈看神鳥愈覺得歡喜，神鳥卻不安的啄咬籠子，還用爪子拼命抓，不時還大聲鳴叫。國王想了想，說：「神鳥一定是餓了，快給牠準備最上等的食物！」

兵士們你看我、我看你，不知道該給神鳥吃什麼，你一言我一語的：「我看過麻雀飛進田裡啄稻子……」「我看過老鷹吃老鼠！」「還在猶豫什麼？就把我最愛吃的食物分給牠吃吧！」國王不高

興的說。

於是，兵士們趕緊讓廚子送上國王最愛的雞鴨魚肉，小心翼翼的把肉撕成小塊，遞到神鳥眼前。神鳥安靜下來，看了肉好一會兒，才叼過去。

「太好了，神鳥喜歡吃……」話還沒說完呢，「噗！」神鳥已經把那塊肉拋到籠外，又嘎嘎叫了幾聲，開始抓籠子。如果有人聽得懂鳥語，就會知道牠正在破口大罵：「這什麼東西呀！好奇怪的味道！

我肚子餓了，快放我出去！」

可惜沒有人聽得懂。

隔了一陣子，國王過來一瞧，發現神鳥什麼都沒吃，又想了想：「啊！我知道了！一定是你們太緊張，讓牠沒胃口。去喚樂師過來，演奏幾支曲子，調和調和氣氛吧！」

樂師很盡責的演奏了最歡樂的樂曲、最悠揚的樂曲、最祥和的樂曲……神鳥剛開始被樂聲嚇到不知所措、猛抓籠子，第二天才漸漸安靜下來。到了第三天，牠縮在籠子一角一動也不動，看似專心聆聽。

「終於平靜下來了！」魯國國王、兵士們和樂師早就疲憊不堪。

「咚！」下一秒，神鳥卻翻倒一旁，四腳朝天。

原來這三天下來，神鳥不吃不喝，加上心情鬱悶，已經死去。

「神鳥真難照顧啊！我已經盡最大的努力來供養牠了！」

魯國國王悲傷又氣憤：「到底是哪裡出了問題呢？」

傳家小語

這個故事改編自《莊子》〈至樂篇〉，原名「魯侯養鳥」。原文最末句是：「此以己養鳥也，非以鳥養鳥也。」意思是，會有這樣的後果，就因為魯侯是拿自己喜愛的東西來對待鳥，而不是用鳥喜愛的東西來對待牠。其實正是在提醒我們：要懂得以同理心去對待別人哪！

故事傳承人

湯芝萱，筆名貓米亞，現任《國語日報》副刊組組長，曾編輯《國語日報》科學版、兒童版、藝術版、少年文藝版、生活版及星期天書房版。著作散見於《中國時報》、《聯合報》、《中央日報》等。著有《放學後衝蝦米?》、《Run!災害應變小英雄》(以上獲新聞局中小學生讀物選介)、《叢林求生大作戰》、《荒島求生大作戰》等。

兩擔穀子

陳正治
‧改寫自民間故事

從前有個農村，住了十多戶人家。其中兩戶是分家兩三年的兄弟，哥哥叫仁山，弟弟叫義方。

有一天，哥哥把收割來的稻穀曬乾，放進穀倉後，手抓起一把金黃色顆粒飽滿的稻穀看了看，說：「今年風調雨順，稻子豐收，我家五口人，大概不會像去年風災來襲毀了稻子，全家挨餓了吧？」

哥哥想起去年家人挨餓的事，也想起住在不遠的弟弟。

他想著：弟弟付不起聘金和喜宴錢，因此快三十歲了還沒結婚。既然今年稻穀豐收，穀倉裝滿了穀子，要挑一擔穀子送給弟弟，幫他多存點錢。

哥哥想到這兒，就拿米籮裝穀子，利用當天夜晚烏雲遮蔽月亮，讓人看不清路上行人時，挑了一擔穀子悄悄的往弟弟家去，然後把穀子倒進弟弟的穀倉裡。

說也真巧，那天傍晚，弟弟也想著稻穀豐收的事。他望著穀倉裡的稻穀，想著：哥哥一家有五口人，生活負擔重。去年風災打壞了農作物，大家收成不好，哥哥全家常常一天只吃兩頓稀飯。我單身一

個，一人吃飽全家飽，我一定要幫助哥哥。

弟弟想到這兒，也利用當天夜晚烏雲遮蔽月亮時，挑了一擔穀子，繞著小路把穀子倒進哥哥家的穀倉裡去。

弟弟回到家，放下米籮和扁擔，望著穀倉。

「咦！穀倉裡的穀子怎麼沒有減少？」

弟弟舉頭望著穀倉外的天空想：「難道我送一擔穀子給哥哥，老天爺獎賞我，又給我一擔穀子嗎？既然這樣，我再送一擔穀子去給哥哥。」

弟弟興高采烈又挑著一擔穀子，不再繞小路的往哥哥家去。

剛才挑一擔穀子送給弟弟的哥哥，回到家發現穀倉裡的穀子還是滿滿的。他愣了一下，也跟弟弟一樣，又挑了一擔穀子往弟弟家去。

這時候，烏雲散開了，月亮露出臉來，月光明亮的照著大地。哥哥看到弟弟挑著一擔穀子從對面走來，就從肩膀上卸下擔子，問弟弟：「你要去哪裡？」

弟弟放下擔子，把剛才挑了一擔穀子倒進哥哥家穀倉，回家後發現穀倉裡的穀子並沒有減少，因此又挑一擔穀子要送給哥哥的事說出來。

哥哥聽了抱著弟弟，把自己挑了一擔穀子倒在弟弟家穀倉裡的事也說出來。

月光更亮了，好像月亮也要睜大眼睛看著這對緊緊擁抱在一起的好兄弟。

傳家小語

俗話說：「打虎也要親兄弟。」兒時讀到這篇友愛兄弟的故事，深深感動了我，覺得它是每個小朋友都該看的故事。

故事傳承人

陳正治，曾任臺北市立大學中語系教授兼系主任；政治大學中文系、教育系及文化大學中文系兼任教授。現已退休，專事寫作。

出版有童話《房屋中的國王》、《新猴王》、《貓頭鷹的預言》、《老鷹爸爸》等，童詩《山喜歡交朋友》、《大樓換新裝》，語文類《有趣的中國文字》、《揮別錯別字》、《兒童詩寫作研究》、《童話寫作研究》、《修辭學》等，是大學教授裡的兒童文學作家。

熬不出美味好湯

謝鴻文
・改寫自民間故事

小鎮裡有一個年輕人名叫阿古，夢想成為大廚師。

阿古聽從母親的建議，去拜師學藝。可是跟著師傅學習不到幾天，就因為師傅太嚴厲，氣沖沖回家去。

不管母親怎麼勸，阿古都不想再回去找師傅學廚藝，他驕傲的說：「以我的聰明才智，我在家自學也可以！」

這一天，阿古試著在家裡熬一鍋湯，心想煮好可以孝敬母親。

阿古在廚房裡手忙腳亂一陣子，食材東加西加，時間一分一秒過去，眼看湯熬得差不多了，他想試試鹹淡是否合適，就拿一把木勺，舀一勺湯來嘗一口。

阿古喝了一小口，覺得味道很淡，自言自語說：「奇怪，我剛才不是有放鹽嗎？」於是，阿古把裝著剩湯的木勺先放到一邊，抓了一大把鹽撒到鍋裡。

然後，阿古拿起剛才放在旁邊的木勺，喝一口剛才沒喝完的湯，湯有些冷，清淡沒味道，阿古竟

然迷糊忘記了那是剛才沒加鹽的湯。他把木勺擱下，嚷嚷著：「咦，真是太奇怪！明明加了鹽，湯怎麼還不鹹？而且還不夠熱？」

他低下身，看著爐灶內小火徐徐，就再添一些柴，把火搧得更旺。火勢熊熊燃燒，阿古豪邁的又抓了更大一把鹽撒進鍋裡。

過了一會，阿古再拿起擱在鍋旁的木勺，再喝一口幾分鐘前喝剩的湯，湯更冷更淡而無味。阿古摸摸腦袋，皺皺眉，不解的看著鍋裡的湯，罵說：「今天真是活見鬼了！為什麼鹽都快要加完了，鍋裡的湯卻還是不鹹？」

爐灶內大火燒呀燒，湯水慢慢蒸發掉，鍋底慢慢變焦。

阿古的母親聞到燒焦味，緊張的跑到廚房看發生什麼事，只見阿

古一臉苦惱坐在爐灶邊。

阿古一見到母親，立刻站起，指著鹽罐抱怨：「這是誰家做的鹽，怎麼一點都不鹹？真是浪費我們的錢。」

母親看著快見底的鹽罐，什麼話也沒說，走過去把爐灶裡的火澆熄一些，把鍋裡攪一攪，再拿起木勺舀起一勺湯，遞過去給阿古嘗一嘗。

阿古只嘗一小口，便吐了出來，叫著：「這湯怎麼那麼鹹，又有焦掉的苦味？」

母親嘆了一口氣，回應道：「你要自學出師還早呢！」

傳家小語

阿古不能察覺「生活中的所有事物，都在不斷發展變化」，遇到問題老是用同一種方法去解決，終究會失敗。不過，智慧往往也是從錯誤的經驗中領悟、調整後形成的。只要智慧、經驗持續累積，會讓你的「人生」這鍋湯，熬出美好的滋味。

絕對不能以為讀很多書、學歷很高，就算有智慧、經驗。如果不能把書上的知識和思想活用，也於事無補。

故事傳承人

謝鴻文，現任 Fun Space 樂思空間實驗教育團體教師、SHOW 影劇團藝術總監、林鍾隆兒童文學推廣工作室執行長，亦為臺灣極少數的兒童劇評人。

曾獲亞洲兒童文學大會論文獎、日本大阪國際兒童文學館研究獎金、九歌現代少兒文學獎、香港青年文學獎、冰心兒童文學新作獎等獎項。

著有《雨耳朵》、《不說成語王國》等書，另主編有《九歌 107 年童話選》等書。擔任過《何處是我家》等兒童劇編導，《蠻牛傳奇》等兒童劇編劇。

郵局小精靈的撲克牌

羅吉希
·改寫自恰佩克（捷克）童話

就在不久以前，網路還沒有發明的時候，人們總是得經常寫信、寄信，才能傳遞消息。在捷克，有個郵差名叫科爾巴巴，他覺得自己每天要走上萬步，要上下幾千階樓梯，還常常遇到不斷朝他狂吠的狗，送的又老是些印刷品、匯票或廣告：「真沒意思！我才不相信這些信能讓人快樂呢！」

有一天，科爾巴巴在郵局睡著了。醒來已是半夜了，只見櫃檯上站著好幾個身高和原子筆差不多的小人，他們就像人類郵差一樣，忙著按計算機，包包裹，粘郵票，再把信件按郵遞區號分別放在不同的格子裡。一陣東忙西忙後，有個小人伸直了腰，大喊一聲：「各位，我們來打牌吧！」「好喔！」另一名小人一面應和，一面撈出了三十二封信，開始俐落的洗牌。

科爾巴巴看久了，忍不住出聲：「喂！喂！我說，那些信又不像撲克牌有阿拉伯數字，要怎麼玩呢？」小人們聽到這聲音，都抬頭看著科爾巴巴，七嘴八舌的搶著回答：「這些信就是我們的牌喔。它們當然也有大有小，要靠信的內容決定。」

另一個小人對他解釋：「沒錯，如果是撒謊或是騙人，就算七點；如果是寄送通知，就算八點；如果是因為想要告訴對方好玩的事，可以有九點。」

「如果是好朋友互相問候的信，就是J！如果是和朋友分享生活心得，不管是好事壞事，都算皇后。情書才是國王！」另一個小人迫不及待的接著說：「但是，還有一種最厲害的王牌——如果寫信的人願意把自己的心完全送給對方，願意為收信的人奉獻一切，那就是最大的王牌喔！」

「偷看別人的信，是犯法的行為喔。」科爾巴

巴是個非常守法的郵差，他認真的提醒大家。「那當然！您沒有試過嗎？只要閉上眼睛，把信貼在額頭上感覺一下，就可以了……」

科爾巴巴半信半疑的把信貼在額頭上：果然有的信像暖暖包，有的信卻一摸就讓人心頭涼涼的……摸著摸著，竟不知不覺的睡著了，等科爾巴巴睜開眼睛時，已經是第二天早上了。

說也奇怪，從那個小人玩牌的夢中醒來後，科爾巴巴送信時，總是覺得很快樂，而且每天出發送信前，他一定把每封信貼在額頭上，感覺是冷還是熱……

112

傳家小語

俗話說「做一行怨一行」。在強調專業分工的現代社會中，我們常常忘了，工作其實不只是在做事，我們也藉著所做的事，服務他人。一旦發現我們的工作能確實幫助他人時，也就發現了工作的意義與快樂。捷克作家恰佩克（Karel Čapek，1890-1938）說的這個郵差小故事，如果還能夠提醒大家常常寫下心中的隻字片語，表達對生活周遭人物的感情，這個世界就更美好了。

故事傳承人

羅吉希，出版社編輯。讀書迷迷糊糊，生活丟三落四。喜歡簡明合理卻出人意外的好故事，對小學生能理解奇幻故事，創造有趣造句充滿好奇，所以喜歡教育哲學、教育心理學、教育社會學，以及一點點教育史學。衷心認定文學冠冕上，兒童文學是最璀璨的那顆閃亮寶石。

男孩與釘子

岑澎維 · 改寫自口傳故事

有一個男孩，經常亂發脾氣，家人對他不是忍讓，就是苦口婆心的勸導，但是一點效果也沒有。

有一天，父親交給他一袋釘子，告訴他，以後只要生一次氣，就拿一根釘子釘在後院的圍欄上。

男孩雖然不知道父親的用意是什麼，但是他照著做，以為這樣就能消氣。

第一天，男孩釘下三十七根釘子，他很驚訝：「原來我一天之中，要發這麼多次脾氣！」

圍欄上的釘子不斷增加，沒幾天，就布滿了密密麻麻的鐵釘。於是男孩儘量克制自己的脾氣，好讓圍欄上的釘子，增加的速度能慢一點。漸漸的，男孩發現，不發脾氣並不困難，甚至比去釘釘子還容易呢！

日子一天天過去，男孩已經好幾天都沒有去釘釘子了。他把這件事告訴父親，家人也很開心知道這個結果。

父親又告訴他說：「現在，只要你能夠控制情緒，不發脾氣一

次，就去拔掉一根釘子吧！」

男孩照著父親的話去做，又花了一段時間，終於把圍欄上的釘子拔光。

男孩覺得心情好極了，這證明了他能夠管理自己的脾氣，不胡亂生氣。

男孩開心的帶著父親來看他的成果，父親也很感動。

「孩子，你做得好極了！我很

高興你已經不亂發脾氣了。但是，你看看，這圍欄上，還有什麼嗎？」

男孩仔細的檢查一次，確定一根釘子也沒有了，才對父親說：「父親，所有的釘子都被我拔掉了。」

父親微笑的對他說：「來，我們再仔細看看這圍欄，它和原來的樣子有什麼不一樣？」

男孩看見圍欄上，到處都是凹陷下去的釘痕，再也沒有辦法回復到原來的樣子了。

他低著頭，告訴父親：「這些孔洞，不是在我拔去釘子時造成的，而是在我釘下釘子的時候產生的。」

「沒有錯，你說得對。當我們生氣的時候，說出的話，就像釘子對圍欄造成的傷害。它已經在對方的心裡造成傷痛，就算拔掉釘子，傷痕還在。」

男孩完全了解父親要說的話了。

發脾氣時，說出來的都是傷人的話。傷人的話就像尖銳的鐵釘，釘在對方的內心，產生無法抹去的印痕。

控制情緒，就能避免這些傷害。男孩終於明白，父親要他這麼做的道理。

傳家小語

「家人發脾氣」是大家都不喜歡的事。我的家人都有一副好脾氣，只有我常發脾氣，小時候母親跟我講這個故事的情景，依舊歷歷在目。隨著年齡成長，我已經變成一個不愛發脾氣的人。

故事中的小男孩，他勇敢面對自己，在生氣的時候，肯去釘一根釘子。他因此發現，生氣時說出口的話，像釘子一樣，在別人的心中造成傷痕。

感覺自己在生氣，自己把它平息，做一個能夠掌控情緒的人。

故事傳承人

岑澎維，臺東大學兒童文學研究所畢業，現為國小教師，喜歡看故事、想故事、寫故事。出版有《找不到國小》系列、《原典小學堂》系列、《成語小劇場》系列、《溼巴答王國》系列、《小書蟲生活週記》、《八卦森林》等三十餘本作品。

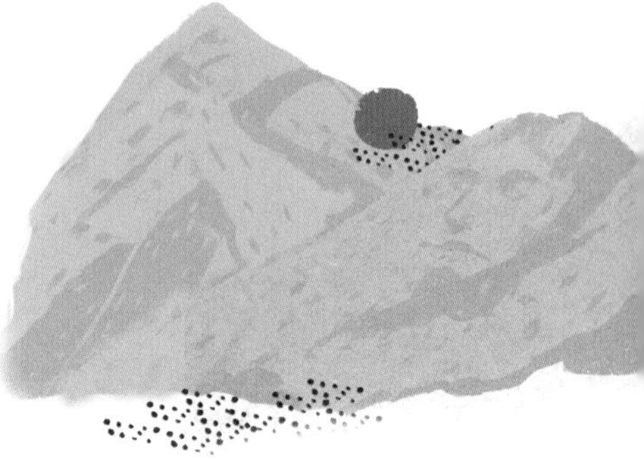

人面巨石

管家琪
·改寫自霍桑（美）小說

距離一個小村莊數哩之遙的山坡上，由一堆巨岩堆積成酷似一張莊嚴可親的人臉，彷彿含笑的俯瞰著山谷。傳說，總有一天，這裡將會誕生一個偉大高尚的人物，而這個人的相貌，將會和人面巨石一模一樣。

歐內斯特從小就對這個傳說深信不疑，盼望有朝一日能見到這位了不起的人。

少年時期，雖然歐內斯特天天都在田地裡勞作，但仍不忘自學。他有一位特別的老師，就是那個人面巨石。他經常會凝望著人面巨石靜靜的思考，同時也總感覺人面巨石在微笑著鼓勵著自己。

一天，盛傳一位容貌和人面巨石完全一樣的大富翁即將回鄉養老，少年歐內斯特很高興，因為他相信這位大富翁一定會樂善好施，就像人面巨石的微笑一樣，溫暖人心。

大富翁返鄉那天，村民們扶老攜幼熱烈歡迎，紛紛激動的大喊：

「真的跟人面巨石一模一樣啊！」

歐內斯特卻失望的從人群中退了出來；依他看，富翁和人面巨石

絲毫沒有相像之處。

後來，事實證明這個大富翁對於幫助村民毫無興趣。在他死後，他的豪宅成了一家旅館，接待來此瞻仰人面巨石的遊客。

類似的事情後來又發生過兩次，分別是一位將軍和一位政治家。一開始，

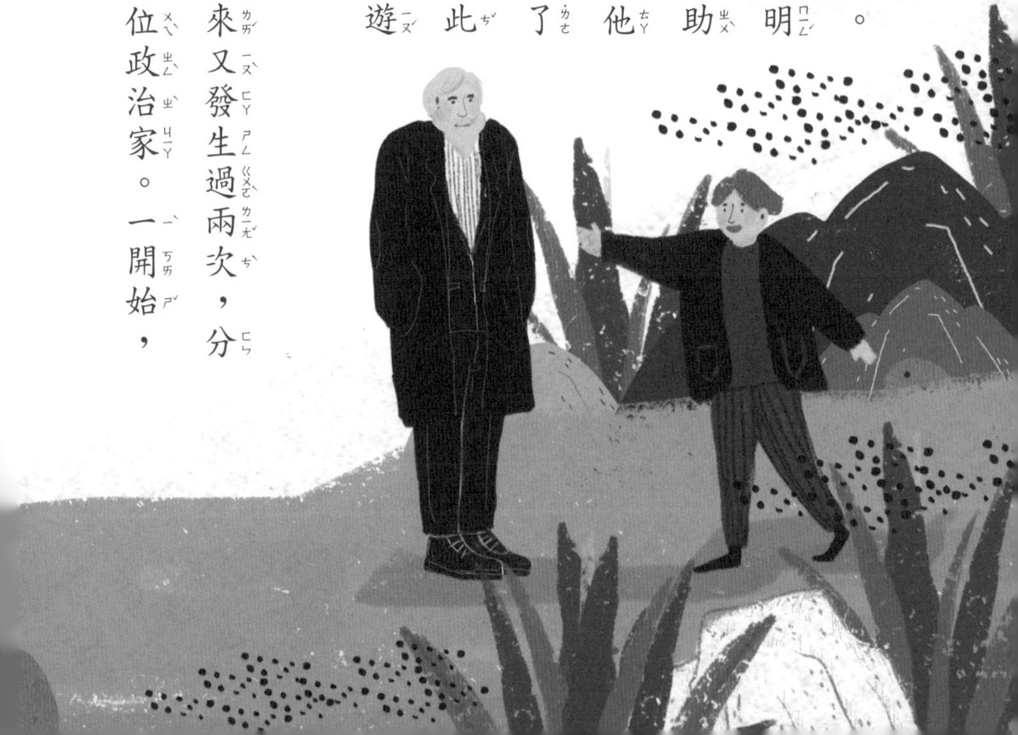

大家也說他們的容貌就像人面巨石，還是只有歐內斯特覺得不像。後來這兩位也同樣讓大家失望。

歐內斯特只好繼續等待。

人面巨石一直是他內心完美的楷模，以至於他不僅勤勞厚道，善良仁慈，還始終保持著難得的天真。成年之後，歐內斯特成了一名傳教士，他純潔高尚，經常默

默行善，受到大家的尊敬。

轉眼，歐內斯特老了，他經常心懷感恩，覺得自己沒有白活，唯一的遺憾，就是傳說中那位大人物仍然沒有出現。

歐內斯特晚年的時候，名聲愈傳愈遠，許多人甚至大老遠慕名前來，想要聽他說說話，他總是以禮相待。

這天，一位詩人到訪。經過一番交談，詩人感到非常慚愧，因為儘管自己經常在詩作中歌頌著諸多美德，但其實都是言不由衷，而眼前這位慈眉善目的長者，卻真的是一位一心追求真善美的人。

詩人偶然間抬頭看見遠方的人面巨石，猛然驚呼：「大家快看！歐內斯特和人面巨石一模一樣啊！」

傳家小語

只要內心有追求，然後持續不懈的努力，總有一天你會非常驚喜、欣慰和驕傲的發現，你已經成為自己想要的樣子。就像歐內斯特一輩子都以人面巨石為楷模，最終不知不覺變成了人面巨石的模樣。

故事傳承人

管家琪，兒童文學作家，曾任《民生報》記者，後專職寫作至今。目前在臺灣已出版創作、翻譯和改寫的作品逾三百冊，在香港、馬來西亞和中國大陸等地也都有大量作品出版。曾多次得獎，包括德國法蘭克福書展最佳童書、金鼎獎、中華兒童文學獎等等。

作品曾被譯為英、日、德、韓等多國語文，並入選兩岸三地以及新加坡的語文教材。經常至華語世界各地中小學與小朋友交流閱讀與寫作，廣受歡迎。

毛克利的危機

施養慧．改寫自吉卜林（英）小說

人類的孩子毛克利，剛學會走路，就被遺落在叢林裡，幸好有狼爸爸救了他，狼媽媽收留他，讓他成為狼孩子。

毛克利除了有一幫狼兄弟，還有亦師亦友的伯魯與巴希拉。棕熊伯魯是小狼的老師，黑豹巴希拉則是叢林的狠角色。

這一天，林蔭下的伯魯直立起來說：「快下來，巴希拉要看看你學得怎麼樣了？」

「密語這麼多，」七歲的毛克利從樹上一躍而下，穩穩的坐在巴希拉的背上，「要講鳥的、蛇的，還是獸的呢？」

「先說說遇到狼時，該怎麼說？」巴魯說。

毛克利舉起手臂，演講似的說：「我們是同一血統，同一祖宗，我們是兄弟呀！」

「遇到鳥呢？」

「一樣嘛，只有最後一句不同。」毛克利噘起嘴：「吱——嚕嚕嚕——」

「蛇呢？」

「咻——咻——」

「太好了！」巴希拉想不到連最難的蛇語，毛克利都可以講得如此流利。

毛克利驕傲的扯著巴希拉的雙耳，兩腳打鼓似的敲著他的肚子。

伯魯對巴希拉說：「為了教他蛇語，可費了我一番功夫。」

「辛苦了！」巴希拉突然齜牙咧嘴的轉頭叫道：

「嘿！小心我的耳朵！」

毛克利搖頭晃腦的說：「還沒教我猴子的密語呢！」

伯魯一掌拽下毛克利，說：「永遠不要跟卑鄙下流的猴子打交道。」巴希拉也怒視著

毛克利說：「離他們遠一點！」

毛克利答應了不理會猴子，猴子卻自己找上門來，在半夜綁架了毛克利。

「救命啊！」毛克利被兩隻猴子騰空架著，在樹上穿梭。

「吼！」憤怒的伯魯和巴希拉追了上來。

猴子們接力，一個傳一個，將毛克利帶往叢林深處。

「怎麼辦呀！」毛克利已經看不到救兵的影子，轉頭瞥見一隻鳶，馬上用鳥語說：「吱——嚕嚕嚕——我是毛克利……」

越過沼澤，毛克利又告訴水蛇：「咻——咻——我是毛克利……」

巴希拉知道猴群不好對付，請來眼鏡蛇卡阿助陣，一同循著毛克利留下的訊息，直搗猴窟。

這場棕熊、黑豹、眼鏡蛇與猴群的大戰精采刺激，尤其是卡阿，像個冷酷的殺手，盤著身體，盯著猴子，施展讓動物頭皮發麻的催眠術。群猴像是中邪似的，一個個乖乖的排隊走進他的五臟廟。

毛克利度過這次危機後，接下來還有更多嚴酷的考驗……

傳家小語

很多時候，學習一種新知或本事，當下看似無用，日後卻能派上用場。

毛克利身處動物世界，為了生存，必須學習叢林規則與動物語言。「世上沒有用不到的經驗」，他因為學過這些本事，才能留下求救訊息，救了自己一命。

故事傳承人

施養慧，臺東大學兒童文學研究所畢業。致力於童話創作，因為童話是最浪漫的一種文類，不僅讓凡人上山下海，也讓人間成了有情世界。曾獲臺東大學兒童文學獎，已出版《傑克，這真是太神奇了》、《好骨怪成妖記》、《338號養寵物》、《小青》等書。

衷心認為，兒童是國家的希望，也是最純真的人類，可以為兒童寫作，是莫大的幸福與榮耀，希望一輩子寫下去。

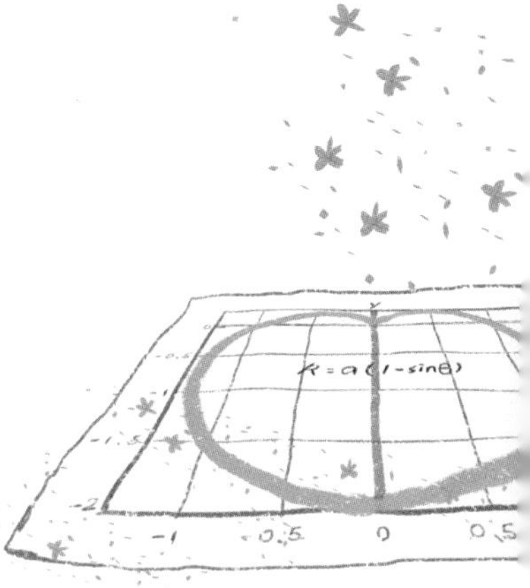

笛卡兒的第十三封情書

許榮哲・改寫自民間故事

十七世紀，法國黑死病大流行，許多人逃了出來，包括笛卡兒。

笛卡兒就是那個說出「我思故我在」的哲學家。

笛卡兒不只是哲學家，同時也是個數學家，他在數學上最有名的成就，是建立了直角座標系統。

從法國逃出來的笛卡兒，流落到了瑞典街頭。

這一天，笛卡兒窩在街角「作畫」，一群少女經過，嫌惡的說了聲「乞丐」就走了。

但有個少女留了下來，笛卡兒畫得出神，沒發現她。

女孩問：「你在做什麼？」

「我正在用數學創造宇宙。」

「怎麼可能，這幅『圖』裝得下無邊無際的宇宙？」

說完，笛卡兒抬起頭看著女孩，反問：「你的眼睛這麼小，為什麼裝得下我？」

那一年，笛卡兒已經五十二歲了，而女孩才十八歲。

隔天，神奇的事發生了，笛卡兒被請進皇宮，原來昨天的少女居然是瑞典的公主克莉絲汀，她請求父王讓笛卡兒教她數學，她想認識笛卡兒口中那個無邊無際的宇宙。

然而，比宇宙更神祕難解的是愛。因為數學牽線，笛卡兒和公主克莉絲汀，戀愛了。

師生戀傳出之後，國王大怒，揚言要殺了笛卡兒。

「你可以殺了笛卡兒，但那一點意義都沒有，因為緊接著你就會失去你女兒。」公主以死要脅。

國王退一步，把笛卡兒趕回法國，公主則被軟禁了起來。

從此，笛卡兒只能寫情書，用紙筆把最深的愛，從法國帶到瑞典，但全被國王攔截走了。

比信被攔走更不幸的是，笛卡兒染上了黑死病，生命來到終點。沒時間了，笛卡兒只剩下最後一封信的機會，他必須突破國王這道關卡。

第十三封信寄出，很不幸，還是被國王攔走，但這次不一樣，因為上面只有一組奇怪的密碼，$r=a(1-\sin\theta)$。

國王找來科學家，想了解這是什麼意思。

科學家的結論是：笛卡兒得了黑死病，腦袋不清楚，瘋了。

國王聽了，這才放心的把信給了女兒。

公主拿了信，立刻關起門，在紙上作畫。一如當初她在街角看到笛卡兒一樣，她試著破解只有她和笛卡兒才知道的密碼。

DEAR
r = a(1-sinθ)
-0.5
-1
-1.5
-2
-1
-0.5
0
0.5
1

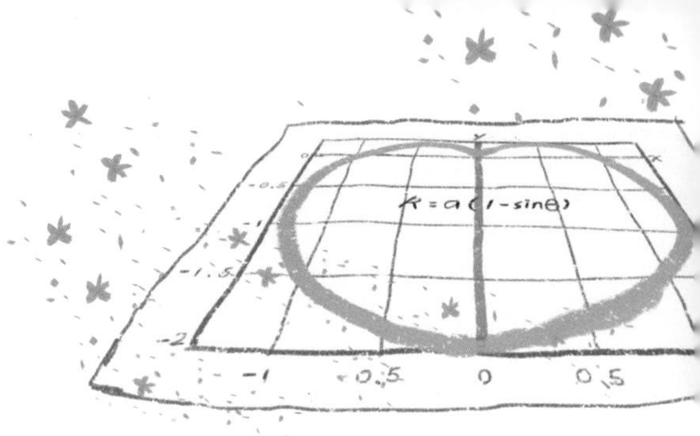

公主一邊破解密碼，一邊回想起第一次看到笛卡兒的情景。

「我正在用數學創造宇宙，無邊無際的宇宙。」笛卡兒說。

最後，公主破解出來了——愛的心臟線。

謎底揭曉的同時，笛卡兒死了，但他證明了愛可以裝進無邊無際的宇宙，像第十三封情書「愛的心臟線」，那裡面裝進了全部的笛卡兒。

傳家小語

法國哲學家、數學家笛卡兒，發明了數學上重要的直角座標。若是用教數學的方式介紹「愛心線」方程式（又稱「心臟線」），可能很艱澀。但透過一個愛情故事，數學的心臟線，就很容易懂了。（真實情況是：笛卡兒的確擔任過克莉絲汀的數學老師，但克莉絲汀的身分不是公主，而是瑞典女王。此外，笛卡兒是死於感染肺病，逝世於瑞典。）

因此，你會發現：說故事，是很重要的溝通方式，也是很重要的一種能力。

故事傳承人

許榮哲，曾任《聯合文學》雜誌主編、四也出版公司總編輯，現任「走電人」電影公司負責人。曾入選「二十位四十歲以下最受期待的華文小說家」。曾獲時報、聯合報、新聞局優良劇本、金鼎獎最佳雜誌編輯等獎項。影視作品有公視「誰來晚餐」等。代表作《小說課》、《故事課》在臺灣和中國大賣十幾萬冊，掀起故事的狂潮，被盛讚為「華語世界首席故事教練」。

白鶴娘子

劉思源・改寫自民間故事

雪村是一個小山村，每逢冬天就下雪，積雪可長達好幾個月。村裡有個名叫與作的小伙子。有一天他上山砍柴，路上看見一隻白鶴倒在雪裡。與作跑過去查看，發現白鶴誤入陷阱，一隻腳傷得很重。

「好可憐！」與作救起白鶴，把牠抱回家敷藥。白鶴休養多日，終於完全康復飛走了。

第二年冬天，一個大雪紛飛的深夜，有人輕輕敲著與作家的門。與作打開門，門外站著一位穿著白衣的女孩。

「我叫阿鶴。」女孩對與作說：「我在雪地迷路了，可以借住一晚避避風雪嗎？」

與作馬上請阿鶴進屋。之後幾天雪愈下愈大，寸步難行，阿鶴便一直住了下來，並幫忙做飯、打掃，最後嫁給了與作。小倆口甜甜蜜蜜的，很快樂。

山村生活貧困，漫漫長冬無法耕作，又多了一口人吃飯，家裡就快沒有存糧了。阿鶴安慰與作：「我可以織布給你去賣，但是，我織布的時候，你絕對不可以偷看喔。」

阿鶴走進織房，那兒有一座與作媽媽留下的織布機。她把房門關上，日夜不停的織布。過了三天，阿鶴疲憊的推開門，拿出一匹晶瑩如雪的白色錦布。

「好漂亮啊！」與作驚訝極了，連忙拿布到鎮上叫賣，賣了很高的價錢。與作興奮的跑回家，要求阿鶴再多織幾匹布。阿鶴原本不肯，但在與作的哀求下，無奈的答應了。「不可以偷看喔！」阿鶴再三交代，走進織房繼續織布。

阿鶴織的布匹不僅美麗，而且又輕又軟，大家都爭相搶購。但她織布的時間愈來愈長，人也愈來愈虛弱，與作卻絲毫沒有發覺。終於

有一天，阿鶴臉色蒼白的告訴與作：「這是我最後一次為你織布了。」阿鶴說完走進織房，織布機開始嘎嘎作響。但這次比平常更久，過了好幾天都不見阿鶴出來。心急的與作忘了約定，拉開一道門縫偷看阿鶴織布。

啊！織布機前竟然不是阿鶴，而是一隻流著鮮血的白鶴。白鶴正用嘴拔著身上的羽毛，一根一根放在織布機上。

原來阿鶴就是當初被與作救起的那隻白鶴，她為了報恩而來，不惜犧牲自己最珍貴的羽毛。白鶴看看與作，頭也不回的從窗戶飛走了，只留下織布機上的半匹夾著紅絲的白色錦布，在月光下閃閃發亮。

傳家小語

〈白鶴娘子〉是日本著名的民間故事，強調「報恩」和「守信」是為人處世應有的品格和信念。究竟白鶴娘子是因為被丈夫看見了原形，因而羞愧離去，還是因為被原本最信任的人傷害而遠走？答案就留給讀者細細思辨了。

故事傳承人

劉思源，職業是編輯，興趣是閱讀，最鍾愛寫故事，一個終日與文字為伴的人。目前重心轉為創作，走進童書作家的行列。

出版作品近五十本，包含《短耳兔》、《愛因斯坦》、《阿基米得》、《狐說八道》系列等。其中多本作品曾獲文建會臺灣兒童文學一百推薦、好書大家讀年度最佳少年兒童讀物獎，並授權中、日、韓、美、法、土、俄等國出版。

老奶奶偷麵包

王文華・改寫自民間故事

一九三五年，美國經濟大蕭條。這一年，很多公司倒了，很多人丟了工作，很多人被迫流落街頭。冬天天氣嚴寒，日子更加難熬。

也是這一年冬天，紐約的法庭上，審理了這個案子：一個老奶奶被麵包店的老闆告上法院，因為她偷了店裡的麵包。

麵包店老闆十分氣憤的說：「她偷我辛苦做出來的麵包。」

法官看看老奶奶，她是一個穿著普通，滿臉愁容的老婦人。

「你真的偷了麵包店的麵包嗎？」

老奶奶有點慌，她囁嚅的說：「是的，法官大人，我確實偷了六個麵包。」

「你為什麼要偷麵包呢？你是因為飢餓嗎？難道你不知道偷東西是犯法的嗎？」

「我知道，」老奶奶抬起頭，看著法官說，「但是我的三個孫子很餓，他們沒有父母，我沒有工作，也沒有錢。如果我不偷麵包，就要眼睜睜看著他們餓死。法官大人，他們只是孩子啊。」

老奶奶的話一說完，旁聽席上響起一陣嘰嘰喳喳的聲浪。法官不得不敲敲木槌，嚴肅的說：「肅靜！既然被告已經承認罪行，下面我將宣布判決。」

法庭安靜了。大家的眼光全聚集在法官身上。

法官一字一句的說：「被告，

你雖然很窮，行為也是迫不得已，但是我身為法官，必須依法判決。現在，你有兩個選擇：一個是繳交十美元的罰金，一個是關進牢裡十天，抵免你的罪行。」

老奶奶為難極了，說：「法官大人，我知道我犯了錯，必須接受處罰。但是，如果我有十美元，我還用去偷麵包嗎？所以，我只能選擇進牢裡十天。可是，我如果關在牢裡，我那三個小孫子由誰來照顧呢？」

旁聽席上有位紳士站起來，他朝著老奶奶鞠了躬，說：「請你接受罰繳十美元的判決吧！」

這話一說完，他轉身面向旁聽席，從身上拿出十美元，摘下帽子，把錢放進去：「我是紐約市的市長，我要請法庭上的各位也都交五十美分的罰金，這是為我們的冷漠付費，處罰我們生活在一個要老奶奶去偷麵包來餵養孫子的城市。」

法庭上的人先是一愣，接著紛紛從身上拿出五十美分，放進市長的帽子裡，連法官也不例外呢。

那一枚枚銅板的聲音，讓一九三五年的紐約冬天有了一絲暖意。

傳家小語

這個令人感傷的故事發生在美國紐約，但會不會出現在我們生活周遭呢？

我們身邊，其實就有很多需要幫助的人。但是，很多時候，人們卻選擇冷漠。冷漠會殺人，冷漠讓世界變得愈來愈不安全，但善良與關心能打破冷漠築起的界限。

我喜歡講這故事給孩子和學生聽。當我們的社會出現漏洞，需要有人來縫補（其實就是你我）。伸出你的手，世界會變得更好、更溫暖。

故事傳承人

王文華，國小教師，兒童文學作家。平時的王文華忙著讓腦袋瓜裡的故事飛出來，也要忙著管他那班淘氣的學生。喜歡到麥當勞「邊吃邊找靈感」，那時，他特別有感覺，可以寫出很多特別的故事。

曾獲國語日報牧笛獎、金鼎獎等獎項。出版《十二生肖節日系列》繪本、《我的老師虎姑婆》、《可能小學的歷史任務》等書。

野豬林裡的林沖

鄭丞鈞
・改寫自施耐庵《水滸傳》

北宋末年，林沖是在京城裡教導士兵武術的教練，運氣不好，被大官陷害，變成罪犯。他被棍棒打了一頓後，發配到很遠的地方坐牢。

那些害人的大官還不滿意，收買了押送林沖的兩名士兵，想要在途中將他害死。

一路上，兩名士兵不斷嘲笑已經受傷、身上還戴著笨重刑具的林沖走得慢，甚至故意折磨林沖。

有一晚，兩名士兵提來一桶水，假裝好心，要幫雙腿走得痠痛的林沖洗腳。

他們趁林沖沒防備，將他的雙腳壓入水中，林沖痛得哇哇大叫。原來水桶裡裝的居然是滾水！

林沖的腳起了好多水泡，晚上痛得睡不著。

第二天的路程當然走得更辛苦。兩名士兵見狀，又說要幫林沖換一雙更舒適的草鞋。結果才走沒幾步路，林沖腳上的水泡全破了，當場鮮血直流。原來，士兵為林沖換的是一雙新草鞋，鞋面又粗又刺，

把腳上的水泡全刺破了。

林沖實在沒辦法走路了，但士兵仍拖著他走，最後來到一座名為「野豬林」的森林裡。這時，兩個士兵露出真面目，準備把林沖殺掉。他們昨晚故意弄傷林沖的腳，也是為了防範武功高強的林沖逃跑哇！

被捆綁住的林沖只能苦苦哀求，士兵依舊高舉棍棒，準備將他擊殺。就在這緊要關頭，林裡突然有人大喝一聲，像猛獸般衝到眾人面前，原來是魯智深來了！

魯智深是林沖的結拜兄弟，因為放心不下，所以趕過來。正好撞見有人要殺害他的兄弟，他氣得舉起那六十二斤重的禪杖，想把士兵打死。

好心腸的林沖趕緊阻止，說那兩個士兵也是不得已的。在林沖求情下，魯智深只好放過他們，但也要求那兩個士兵，必須背著林沖，一路好好照顧他到目的地。

兩名士兵當然一口答應，不放心的魯智深又舉起拳頭，對著林子裡的一棵松樹搥下去，那樹馬上折成兩半，嘩啦嘩啦的倒了下去。

魯智深問那兩個士兵，是他們的腦袋硬，還是樹幹硬？士兵當然是不斷的磕頭求饒，說他們絕不再傷林沖一根寒毛。

雖然林沖這一趟總算能平安度過，但後續又有好多的磨難等著他呢！

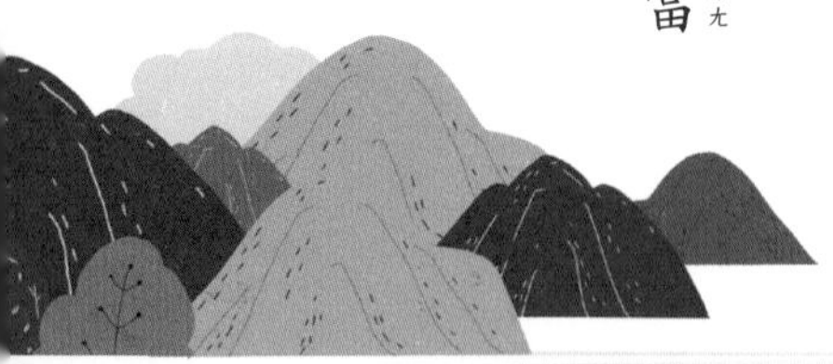

傳家小語

林沖在《水滸傳》裡的故事不只這些，每次想到他受盡委屈，心裡就很難過。每個人都有機會影響別人，甚至掌控他人的命運，當你得到這樣的機會時，一定要公平的對待大家，如此一來，世界上的冤屈就會減少囉！

故事傳承人

鄭丞鈞，臺大歷史系畢業，臺東師院兒童文學研究所碩士。曾任兒童雜誌編輯，現為國小教師。作品曾獲臺灣省兒童文學獎、九歌現代少兒文學獎、國語日報牧笛獎等獎項；已出版《妹妹的新丁粄》、《帶著阿公走》等書。因為從小就喜歡看故事，激發了很多的想像，所以長大後很努力的寫故事給小朋友看。

蘋果佬約翰尼

傅林統
改寫自民間故事

美國開拓時期，約翰尼孤零零一個人，背著工具箱和老舊的小提琴，巡迴各地，幫人家修補鍋子，這村走過那村，做生意兼走唱詩人。

每當他來到一個村莊，村子裡家家雀躍歡迎，因為他的補鍋功夫了得，為人又爽朗勤懇。傍晚收工，難得輕鬆的時刻，約翰尼拿出小提琴，演奏民謠舞曲。琴音吸引全村男女老幼走出門，繞著約翰尼，手牽手圍成圈圈，舞著唱著，其樂無窮。

一曲又一曲，大家盡興的舞動。歇息時間，熱情的村民就讓小孩喊著：「約翰尼叔叔，請吃水果！」送上當地的蘋果。

約翰尼笑呵呵的從天真可愛的小孩手上接下蘋果，大口大口吃著，吃不完的放進行李袋，自言自語：「親愛的大朋友、小朋友，你們甜滋滋的友情，讓我精神煥發，也給我一路充飢解渴的糧食。啊！我的人生多麼幸福！」

當約翰尼告辭的時候，全村人都輕聲吟唱送別的歌曲，依依不捨的揮手，直到不見身影。溫暖的人情味，使約翰尼的內心產生一種強烈的感覺，一時也說不清楚那是什麼感覺。

有一天，約翰尼站在高崗上眺望寬闊不見邊際的大地，翠綠的草原蝶舞花開，蟲鳴鳥啼，田園裡農人辛勤的耕耘，幾家農舍冒出裊裊炊煙，多麼溫馨平和的人間！

約翰尼突然清楚了：「啊！那強烈的感覺，不就是想做一件造福人群，給人帶來歡喜的事？尤其是讓天真可愛的孩子們歡喜。可是，平凡的我，到底能做什麼事呢？」

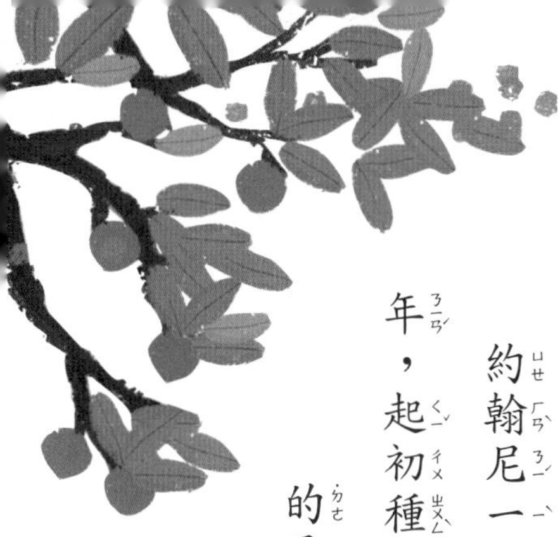

想來想去，忽然有個妙計浮上心頭：「種蘋果，遍地種植人人喜愛的蘋果。我是個天南地北流浪的人，何不到處種植蘋果？當蘋果花開滿樹的日子，就是可愛的孩子長大的日子；前人種樹，後人享福。嗯，好點子！」

想到做到，從那天起，約翰尼吃蘋果的時候，都會細心留下種子。遇見適合的土地，就好好的埋下蘋果種子。

約翰尼一邊修補鍋子，拉琴唱歌，一邊用心種植蘋果。一年又一年，起初種植的蘋果已花開滿樹，結果纍纍；有的已成行成列，有的已成樹林；春天開花，夏秋成熟，一片美好的光景。

約翰尼滿心歡喜，並受到人們讚美，卻也有人批評

他：「約翰尼是騙子，假借種樹來占有土地，真是自私啊！」

開拓時期的美國，墾荒的人只要圈起一塊土地耕耘，他就是地主了，怪不得會有這樣的流言。

可是約翰尼並不在乎別人的批評和誤解，他繼續種蘋果樹。

等約翰尼白髮蒼蒼，變成了約翰尼爺爺的時候，一切流言蜚語自然而然的

消失了。草原上的住民，可以自由的摘取蘋果吃，或是做成蘋果派、榨成果汁來享用；蘋果為大家帶來快樂，笑聲滿村莊。

傳家小語

約翰尼的故事為什麼流傳長久？因為從他把工作當娛樂，在生活中行善，散播快樂。約翰尼做的事情看似「小事」，一點也不轟轟烈烈，卻著實的造福人群。

故事傳承人

傅林統，擔任國小教職工作四十六年。一向喜歡給兒童說故事、寫故事、帶領閱讀，學生和家長暱稱他「愛說故事的校長」。退休後，為地方培訓「說故事媽媽」和「兒童閱讀帶領人」，並示範說故事技巧，升級為「愛說故事的爺爺」。

著有《傅林統童話》、《偵探班出擊》、《神風機場》、《田家兒女》、《真的！假的？魔法國》、《兒童文學的思想與技巧》、《兒童文學風向儀》等作品。

出米洞的故事

洪淑苓・改寫自民間故事

很久很久以前，有一座神仙山，山上有間廟，每天都有客人來這裡上香祈福。廟裡的老師父為了招待客人，往往準備了齋飯給客人享用。老師父不怕客人多，就怕飯不夠吃。

有一天，廟裡的客人特別多，負責煮飯的小師父掀開米缸一看，糟糕，都快見底了，怎麼辦呢？他捧著米缸從廚房走出來，打算去跟老師父報告。就在他經過後殿時，突然發現山壁上有個小洞，緩緩流出白白、小小的東西。他走近一瞧，竟然是白米，粒粒分明。

小師父趕緊用米缸承接起來，而米粒流了一陣子，就自動停了。小師父一看，已超過半缸的米了，應該足夠今天需要的分量，就很放心的走回廚房做飯。這一餐煮的飯也特別香，客人都十分稱讚，連老師父都對小師父讚美有加。

接下來幾天，只要小師父拿著米缸去到洞口，輕敲兩聲，白米就會自動流出來。只不過有時流得多，有時流得少，但也都剛好夠用，好像有神仙知道今天有多少客人要吃飯一樣。

這到底是怎麼回事呢？小師父每次去接米，都不免心生疑問。這是神仙特別賜福給他們的，還是山洞後面有個裝著白米的聚寶盆，永遠都取不完？

有一天，小師父照樣拿著米缸去接米，這天的客人並沒有特別多，所以白米流出不到半缸就停了。小師父看了，就再等一會兒，然後又敲敲山壁，果然還有一些白米流出來，但一下子就停了。

小師父心想，既然如此，那乾脆一次裝多一點，省得每次都要來。於是，他就用力敲打山壁，還叫著：「出來，出來，今天多裝些，省得明天再來！」經他這麼一催，白米果然又流出一些了。

小師父很高興，就再用力敲、用力敲，但這時小洞口卻像緊閉的嘴，再也不吐出任何東西了。

小師父忍不住用手去挖挖，洞裡空空的，什麼也沒有。

第二天、第三天，無論小師父怎樣努力，都是徒勞無功。

再過幾天，那個小洞不但不再流出白米，而且迅速長出雜草，掩蓋了洞口。

老師父知道後，和小師父一起去察看，他長嘆一口氣，拍拍小師父的肩膀，什麼話也沒說。

很久很久以後，這個神奇的事蹟逐漸傳揚開來，人們便把這個小洞稱做「出米洞」。

傳家小語

民以食為天，不少民間傳說都以食物為主題，講述人們如何取得食物，度過平安的日子。「出米洞」故事，在許多地方都曾流傳，似乎和地形有關，凡是牆上、石上有洞穴的，都可能流傳類似的故事，它讓我們懂得感恩與惜福，不要貪心。

故事傳承人

洪淑苓，現任臺灣大學中文系教授。曾獲教育部文藝創作獎、臺北文學獎、優秀青年詩人獎、詩歌藝術創作獎、好書大家讀年度最佳少年兒童讀物獎等。

著有多種學術專書及新詩集《預約的幸福》、《尋覓，在世界的裂縫》；童詩集《魚缸裡的貓》；散文集《扛一棵樹回家》、《誰寵我，像十七歲的女生》《騎在雲的背脊上》等。

三人成虎

陳素宜 · 改寫自民間故事

清晨的陽光照亮草尖上的露珠時，小虎子已經和他娘蹲在田溝邊洗蘿蔔了。剛拔出來的蘿蔔黏著一些小土塊，在清澈的溝水裡洗洗刷刷，乾乾淨淨的在田埂上堆成一座小山。今年蘿蔔收成好，家裡吃不完，小虎子他娘打算趁著今天市集，挑一擔蘿蔔去賣錢，貼補貼補家用。

「大娘早。今年的蘿蔔真漂亮！」

住在隔壁的柱子哥，背著兩串自己編的竹籠子，也要出門去趕集。小虎子興匆匆的跟他說：「柱子哥，我娘今天要去賣蘿蔔，她說我可以一起去。待一會兒我到市集找你玩！」

「你呀，就知道玩。柱子哥要去賣籠子，哪有時間陪你玩！」小虎子他娘揮揮手，要柱子哥先走。柱子哥笑嘻嘻的說：「好的，我先到市集幫大娘找個好位置。等我竹籠子賣完，就帶小虎子四處逛一逛。」

柱子哥走了好一會兒，小虎子他們總算也整理好出發了。他娘挑

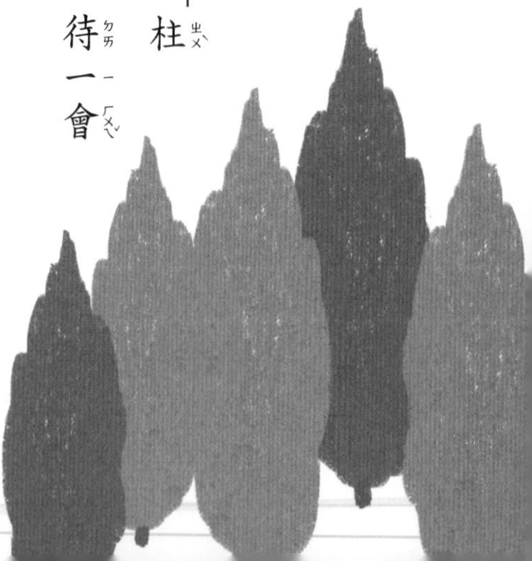

著擔子走在前面，跟在後頭的小虎子也提著一籃大蘿蔔。

才走到村口的大樹下，迎面來了後屋的劉姥姥，氣喘吁吁的跟他們說：「市集裡來了一頭大老虎，你們別去了。」

說完也不等他們回話，劉姥姥匆匆往村子裡跑去。小虎子看著姥姥的背影，問他娘：「我們還去不去？」

「去！當然去！市集裡怎麼會有老虎？一定是老人家搞錯了。」

小虎子他娘腳步不停的往前走，小虎子把竹籃換邊提，跟著一起往前走。來到了大橋頭，迎面來了打鐵的張大叔，拉開嗓門跟他們說：「市集裡來了一頭大老虎，你們別去

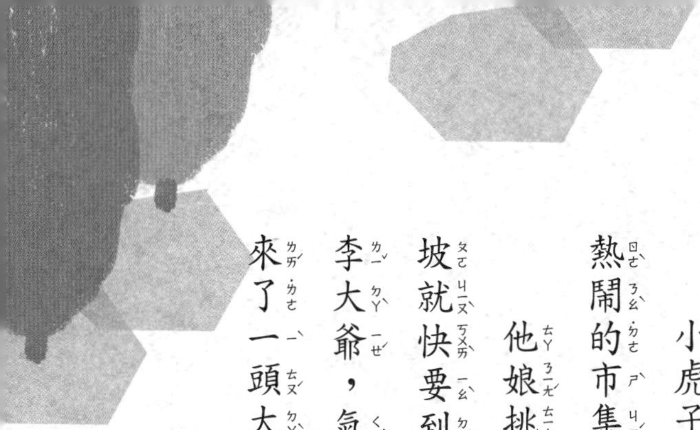

了。」

說完也不等他們回話，匆匆往村子裡跑去。小虎子看著大叔的背影，問他娘：「我們還去不去？」

小虎子他娘停下腳步，放下擔子，想了一想才說：「還是去吧。熱鬧的市集裡，哪裡來的老虎呢？大叔一定弄錯了。」

他娘挑起擔子往前走，小虎子提起籃子跟上去。過了橋，爬上坡就快要到市場了。迎面來了住在井邊的李大爺，氣急敗壞的跟他們說：「市集裡來了一頭大老虎，你們別去了。」

不等小虎子開口問，他娘轉身就往回走，還不停催小虎子說：

「走快點！老虎可是會吃人的。」

忐忑不安的回到家，發現隔壁的柱子哥還沒回來。

直到太陽下了山，小虎子看見走過家門口的柱子哥，急著問他：

「柱子哥，你在市集看見大老虎了嗎？」

「大老虎？市集怎麼會有老虎呢？」

站在小虎子後面的他娘聽了搖搖頭，看著屋角的蘿蔔說：「怎麼三個人說有老虎我就相信了呢？可惜了我這一擔蘿蔔呀！」

傳家小語

人們經常「聽說」一些事情，例如哪裡的食物特別好吃、哪裡發生了奇怪的事情等等。對於這些「聽說」的訊息，該不該相信？每個人都有自己的判斷標準。其中一個標準，就是聽說的次數。第一次聽說不置可否，第二次聽說半信半疑，第三次聽說就變成事實了。

這個標準並不恰當。謊話說了一百遍還是謊話，次數無助於分辨事實。千萬別因為很多人這樣說就相信了，最重要的還是自己用頭腦思考。

故事傳承人

陳素宜，臺東大學兒童文學研究所畢業。一九八七年第一篇童話〈純純的新裝〉在《國語日報》發表後，開始努力從事兒童文學創作。作品涵蓋少年小說、童話和兒童散文等文類。作品得到九歌現代兒童文學獎、國語日報牧笛獎、陳國政兒童文學獎及好書大家讀年度最佳少年兒童讀物獎、金鼎獎等多項兒童文學獎項的肯定。已有童話、小說和散文等五十餘冊兒童文學作品出版。

水仙與回音

王洛夫・改寫自希臘神話

在河神的宮中，有個俊美的男嬰出生了，大家都十分讚嘆。河神為兒子取名納西瑟斯。因為好奇兒子未來的命運，河神向預言家詢問，沒想到預言家直搖頭，說納西瑟斯如果想長壽，就不能見到自己的身影。河神聽了十分擔憂，下令把所有的鏡子全都打破。

納西瑟斯一天天長大，成為最俊美的男子，仙女們都為他著迷，每天想盡辦法接近他，紅著雙頰想和他說話。但是納西瑟斯傲氣十足，對她們總是冷冰冰的，連嘴角都懶得揚起來一下。仙女們很失望，破碎的心如一片一片的花瓣飄零、凋落。大家紛紛詛咒和哀求，請上天好好懲罰這個拒絕愛人和被愛的自大狂。

有一位仙女名叫愛可，因為被天后赫拉下了詛咒，不能說自己想說的話，只能重複別人的尾音。她迷戀著納西瑟斯，現身在他面前，張開雙臂想靠近他，高傲的納西瑟斯卻揮手叫她走開。傷心欲絕的愛可，只能遠遠望著納西瑟斯，最

後羞愧的消失在山谷的洞穴中，化作陣陣的回音，後來回音就成了「愛可」（Echo）的化身。

這許多事，終於觸怒了復仇女神，女孩們的心願被傾聽了。

有一次，納西瑟斯打獵時，在復仇女神安排下，來到深山的溪邊，發現水面無風，就像月光一樣清澈平靜。他喝了一口水，忍不住稱讚：「哇！好甜哪！」波紋平復後，水面成了清晰的鏡面。他忽然見到一個美好的影子，眼睛像星星閃閃發光，臉龐比大理石雕像更俊秀，他立刻就強烈的愛上對方，情不自禁的把嘴唇靠近。對方竟然也這麼做，他更無法自拔的著迷了。但是當他把手伸進水裡，那個身影卻消失了，讓他好迷惘。

納西瑟斯不斷的對著影子說話，表達心中的愛慕，從此再也無法離開半步。太陽升起又落下，納西瑟斯一天天消瘦，失去氣力和神采，卻仍然捨不得離開水邊，一刻也不能不凝望倒影，最後，他終於嘆出最後一口氣，閉上了雙眼。

詛咒納西瑟斯的仙女們都哭腫了眼睛。朝陽升起時，她們想來安葬他，卻怎麼找都找不到納西瑟斯，只看見花瓣低垂的水仙花，仍然在水邊凝視自己的倒影。從此以後，水仙的名字就叫做「納西瑟斯」。

傳家小語

納西瑟斯從小得到過多稱讚，像水仙一般顧影自憐，太在意外貌，卻不知什麼是愛。也有許多人像愛可一樣，不敢表達真正的心聲。希臘神話對人性有微妙的描寫，水仙「自戀」，回音「言不由衷」，在生活中都可以看到這樣的人物。

一個人若是太過自戀，只愛自己，卻不知如何愛人與被愛，是絕對不會幸福的。

故事傳承人

王洛夫，臺東大學兒童文學研究所畢業，大學主修心理與輔導，現任國小教師。作品《那一夏，我們在蘭嶼》獲好書大家讀年度最佳少年兒童讀物獎。《妖怪、神靈與奇事》、《蜘蛛絲魔咒》、《用輪椅飛舞的女孩》獲好書大家讀推薦。愛游泳、愛燒菜，覺得說故事就像游泳，既要放鬆又要有Power，寫作就像燒創意菜，要色麗、飄香、味美。

尾巴不見了

黃文輝·改寫自民間故事

很久很久以前，兔子有一條又長又蓬鬆的尾巴。但是貓沒有尾巴，貓非常想要兔子的尾巴。

有一天，兔子在睡覺，貓帶著一把刀走近兔子，快速一揮，把兔子的尾巴割斷。

兔子不曉得尾巴已經斷了，繼續呼呼大睡。貓把兔子的尾巴縫在自己的屁股上。兔子醒來後，才發現自己的尾巴變成貓的尾巴了。

貓對兔子說：「你的尾巴好像更適合我。」

「它對我來說長了一點，跳的時候有點不太方便。」兔子大方的說：「你喜歡就拿去吧，但你要把刀子給我。」

於是貓就把刀子給兔子。兔子帶著刀子，想去割其他動物的尾巴來當自己的尾巴。兔子大聲唱著：「我失去尾巴，可是我得到刀子，啦！啦！啦！」

兔子遇到一個老人，老人正在用藤條編籃子，必須用牙齒咬斷小藤條，非常吃力。老人看到兔子的刀子，說：「把你的刀子借我割藤條好嗎？」

兔子把刀子借給老人。老人用刀子割藤條，割著割著，刀子突然斷了。

兔子說：「你把我的刀子弄斷了，該怎麼辦呢？」

老人說：「我不是故意的，對不起！」

兔子說：「你要賠我一個籃子。」

於是老人賠給兔子一個籃子。

兔子帶著籃子繼續往前走，大聲唱著：「我失去尾巴，可是我得到刀子；我失去刀子，可是我得到籃子，啦！啦！啦！」

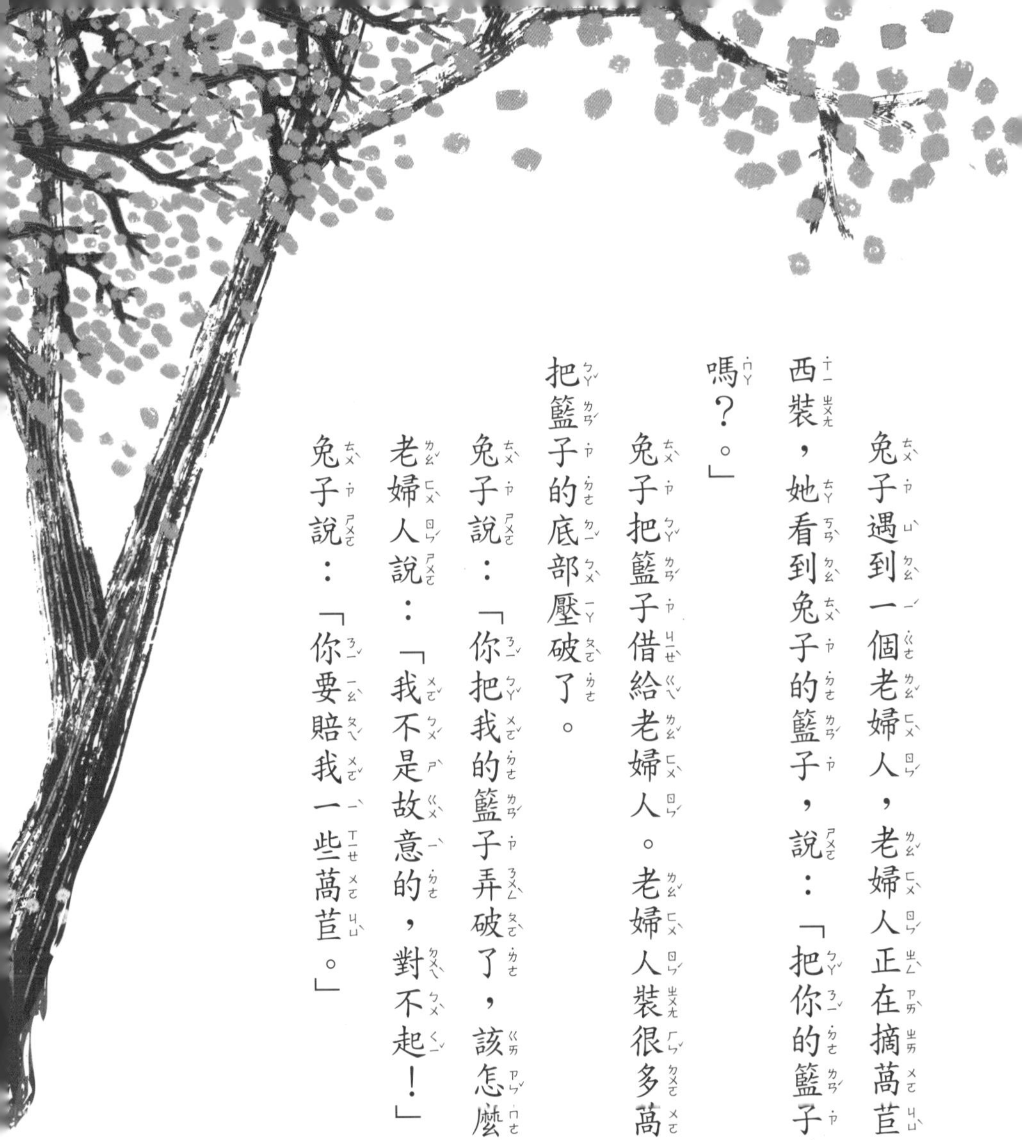

兔子遇到一個老婦人，老婦人正在摘萵苣，但是沒有東西裝，她看到兔子的籃子，說：「把你的籃子借我裝萵苣好嗎？」

兔子把籃子借給老婦人。老婦人裝很多萵苣到籃子裡，把籃子的底部壓破了。

兔子說：「你把我的籃子弄破了，該怎麼辦呢？」

老婦人說：「我不是故意的，對不起！」

兔子說：「你要賠我一些萵苣。」

老婦人拿幾把新鮮萵苣給兔子，兔子抱著萵苣繼續往前走，大聲唱著：「我失去尾巴，可是我得到刀子；我失去刀子，可是我得到籃子；我失去籃子，可是我得到萵苣，啦！啦！啦！」

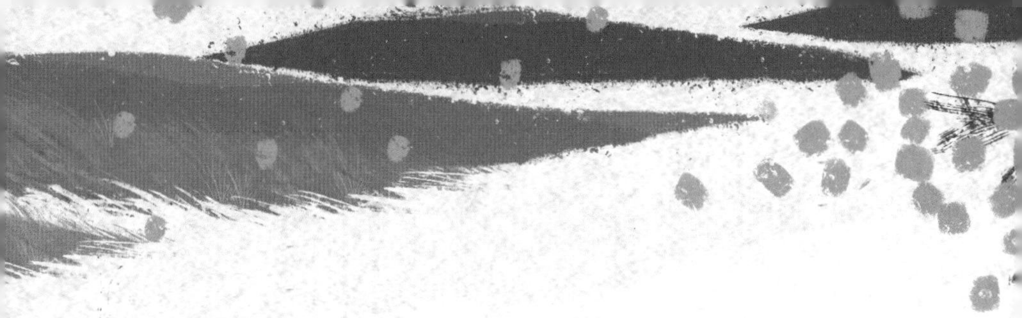

兔子愈走愈餓，聞到萵苣的香味便咬了一口，大叫一聲：「哇，太好吃了！」

兔子說：「我真幸運，竟然可以吃到這麼好吃的東西。原來貓割斷我的尾巴，就是為了讓我遇到這麼好的事情。」

從那以後，兔子就一直沒有尾巴，但是兔子一點也不在意，兔子只要有萵苣吃就非常滿足了。

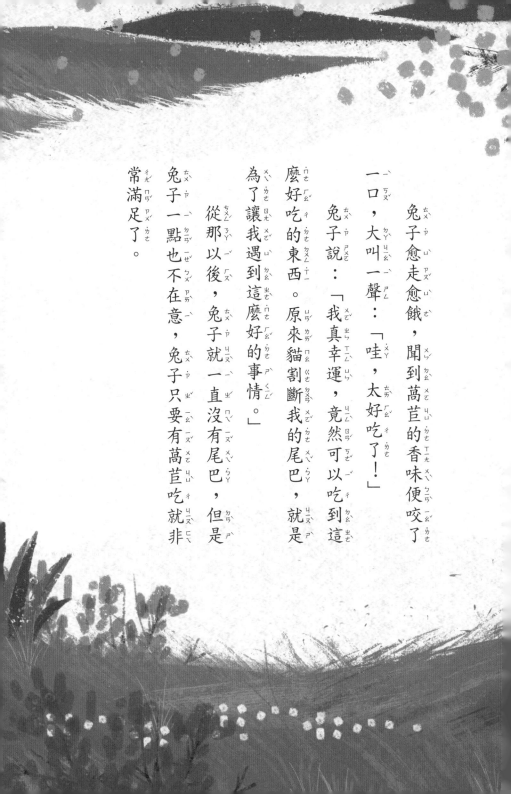

傳家小語

這個南美洲民間故事可愛又有趣，傳達了遭遇挫折或不順利的事情時，要保持樂觀。原先看起來不好的事，換個角度看，或許沒那麼糟，甚至可能導致好的結果呢！

故事傳承人

黃文輝，臺灣大學機械工程研究所及英國納比爾大學管理學院碩士。曾在新竹科學園區擔任工程師與經理等職務。已出版《東山虎姑婆》、《第一名也瘋狂》、《候鳥的鐘聲》、《鴨子敲門》等著作。

再跌一百次

鄒敦怜・改寫自民間故事

在很遠很遠的地方，有一個美麗的村莊，村子後面的一座山，山上有一段很陡的坡，叫做「三年坡」。傳說中，這個坡會給人帶來厄運。村子裡流傳著一首歌謠：「三年坡，三年坡，最是可怕呀三年坡。千萬別來摔了跤，摔跤誰也救不了，剩下不到三年命，誰想幫你也幫不了呀幫不了！」

這首歌連小孩都會唱，大家經過時都膽戰心驚，因為真的很多人在這裡跌倒，都活不過三年。

村長的曾祖父有一次從外地趕回家，因為貪快走捷徑，走上這個山坡。沒想到走到一半，聽到狼叫，嚇得拔腿就跑。跑得太急又太慌張，一不小心被自己挑著的籮筐絆倒，隔天才被路人發現送回家裡，撐不到幾個月，就過世了……

村子東邊的李大娘也說，她的爺爺幾年前為了要找一頭走失的牛，不得不經過這裡。好不容易找到了牛，牽著牛要回家時，草叢裡突然竄出一隻小動物，牛受到驚嚇，撒腿就跑。爺爺拼命緊拉牛繩，一不小心跌倒了……爺爺回來之後就一直生病，一年多後也過

世了。

因為怕跌跤，大家都儘量不經過這裡，但是有個老伯伯還是不小心在這裡跌跤了。他回家之後心情很不好，躺在床上不肯出門，跟家人說自己快死了。隔壁的小男孩聽了，自告奮勇的說：「我有辦法！」

小男孩去見老伯伯：「我想到一個好方法，您照著做，就可以活命！」老伯伯有氣無力的說：「沒用的，我在『三年坡』上跌跤，誰也救不了我。」小男孩笑著說：「跌一跤只能活三年沒錯，但跌兩次呢？不就是可以活六年？您再去那兒跌一百次，可以活幾年呢？」

老伯伯聽了覺得很有道理，他笑呵呵的說：「跌一百次就是三百年，那我不就是長命百歲了！我趕緊去跌個痛快。」老伯伯在家人攙扶下，來到「三年坡」，大家一邊數，他一遍又一遍的跌跤。摔下去又爬起來一百多次，弄得滿頭大汗，原本毫無力氣的模樣，也變得有精神多了，圍觀的人也忍不住鼓起掌來。

從此以後，大家走過「三年坡」，不再是草木皆兵，能好好的欣賞美麗的風景。就算跌跤了，也不用擔心，再多跌幾次就好。還有人特地來這裡，一跌就是一百次呢！

傳家小語

第一次聽到這個故事，我還是小學生，心裡忍不住讚嘆：「這小孩好聰明呀，我怎麼沒想到呢！」現在我也把這個故事說給孩子和學生聽，讓他們從故事裡獲得智慧。首先是要懂得破除迷信，用科學的方法，來檢驗古老的傳說或限制。其次，面對「規定」，能用「山不轉路轉」的方法，避開或打破陳規，創造新局面。

故事傳承人

鄒敦怜，當了很多年的老師，寫了幾十本書，得過幾個文學獎。從小就喜歡嘗試新鮮事物，喜歡問問題，更喜歡纏著家人說故事。每次聽過故事之後，對每個故事又會產生許許多多的疑問。長大之後，變成一個喜歡說故事的老師，開始寫下一個個有趣的故事：在創作中得到很大的快樂，希望美好有趣的故事，成為大家共同的記憶。

差不多先生

林玫伶
·改寫自胡適〈差不多先生傳〉

有位先生姓差，名不多，是全中國最有名的人，他的相貌，和你我都差不多。他最常掛在嘴邊的話就是：「凡事只要差不多就好了。何必太認真呢？」

小的時候，有天媽媽叫他去買紅糖，他卻買了白糖回來。媽媽罵他，他搖搖頭說：「紅糖、白糖，不是差不多嗎？」

上學後，有次老師上課問他：「直隸省（河北省的舊名）的西邊是哪一省？」他回答是陝西。老師說：「錯了。是山西，不是陝西。」他眨眨眼說：「陝西、山西，不是差不多嗎？」

長大後，他在一家店裡工作。他會寫也會算，只是常常不準確，比如說：他常把「十」寫成「千」，「千」寫成「十」。老闆生氣了，罵他把帳記錯，他只是笑嘻嘻的賠不是，然後說：「千字比十字多一小撇，不是差不多嗎？」

有一次，他為了一件重要的事，要搭火車出差，他到火車站時，遲了兩分鐘，火車已經開走了。他瞪著遠去的火車，搖搖頭說：「這

火車司機未免太認真了。八點三十分開車，和八點三十二分開車，不是差不多嗎？」這一天已經沒其他有班次了，只好明天再出發，他喃喃自語說：「反正今天走和明天走，也是差不多。」

某一天，他忽然得了急症，趕快叫家人去東街請汪醫生來看病。家人急急忙忙跑出門，找不到東街的汪醫生，卻把西街的王獸醫請來了。差不多先生病倒在床上，雖然知道找錯人了，但他心想：「王醫生和汪醫生聽起來差不多，就讓他試試吧。」

於是這位王獸醫走近床前，就用醫動物的法子給差不多先生治病。不到一會兒，差不多先生就一命嗚呼了。差不多先生快要死的時候，撐著一口氣說：「活人跟死人也差……差……差不多，……凡事只要……差……差不多就……好了，……何必……太……太認真呢？」他說完這句話，就斷了氣。

他死後，大家都稱讚差不多先生對事情看得破，想得通，真是一位有德行的人，於是給他取個法號，叫做「圓通大師」。他的名聲愈傳愈遠，愈久愈大，無數無數的人，都學他的榜樣，於是人人都成了差不多先生。

傳家小語

〈差不多先生傳〉是胡適先生寫的嘲諷寓言，用傳記的手法描寫一個虛構人物，幽默荒謬，但假中見真，玩笑中有深意。「差不多先生」就是形容一個人敷衍苟且、得過且過。

這個故事也是警世寓言，因為「差不多先生」說的不是別人，正是偶爾會不講求科學精神、馬虎隨便的你和我。

故事傳承人

林玫伶，臺北市國語實驗國民小學校長、兒童文學作家。著有多部校園暢銷作品並獲獎，包括《小耳》（臺灣省兒童文學創作童話首獎）、《我家開戲院》（好書大家讀年度最佳少年兒童讀物獎）、《招牌張的七十歲生日》（入圍金鼎獎）、《笑傲班級》、《小一你好》、《童話可以這樣看》、《閱讀策略可以輕鬆玩》、《經典課文教你寫作》等十餘部作品。

101與米布丁

石麗蓉・改寫自生活故事

「101」是城市裡最高的房子。

因為長得太高，幾乎沒有人可以跟他聊天、說笑。所以平時他只能和偶爾飛過來的鳥兒打打招呼，或和飄過去的白雲招招手。

雖然，遊客常在他的腳邊拍照，但他們總是拍完照就離開，沒有人會留下來陪伴他。看著下面匆匆忙忙的車輛和行人，101感覺好孤單，好寂寞啊！

每天，他都數著日子，等待這特別的一天到來，是的，就是今天，一年的最後一天——「跨年」。

從中午開始，人們從城市的各個角落，朝101走來，有大人有小孩，還有很多精力充沛的年輕人，大家看起來都很開心。

天漸漸黑了，大家聚集在101的身邊，搭起舞臺，架起燈光，請來樂隊，主持人來了，市長也來了。

熱熱鬧鬧的「跨年」晚會開始，最重要的一刻終於來臨：「五、四、三、二、一！」裝在101身上的五彩煙火，往四面八方噴射，雄偉歡樂的音樂響起，大家都抬起頭看著他，他好自豪、好開心啊！

101覺得這是他最榮耀的一刻！

煙火放完，那些唱唱跳跳的節目也表演完，人們又漸漸離去，慢慢散開，變成一個個小黑點。唉！快樂真是短暫啊！

咦？怎麼有個小黑點停在那兒，動也不動呢？101打開千里眼瞧瞧：喔，原來是個賣布丁的小販，從衣著和膚色看起來，她可能不是這個城市的人。她捧著一小籃布丁，小小的招牌上寫著「手工米布丁」，有點害羞的站在街角。

擁擠的人潮從她身邊擠過來擠過去，沒有人停下腳步。

夜，愈來愈深，還下起冷冷的小雨，眼看人潮就要散去，籃子裡的米布丁一盒都沒有賣出去。

「媽媽，我想吃布丁。」一個小女孩拉著媽媽走近賣布丁的小販。

「好啊！夜深了，我們多買一些吧！」媽媽把米布丁全買下來。小販臉上露出又驚又喜的笑容。

「媽媽，買那麼多，我們吃得完嗎？」

「可以送給大家吃啊！」

小販旁邊有幾個小黑點慢慢停了下來。他們的手上都拿著一盒米布丁，吃到布丁的人都露出甜甜的笑容。

夜更深了，涼涼的小雨打在101的臉上，但是他一點都不冷，因為有一股溫暖的感覺，從他的腳底一直竄到一百零一層的頭頂上。

101開心的想：這會是特別美好的一年！

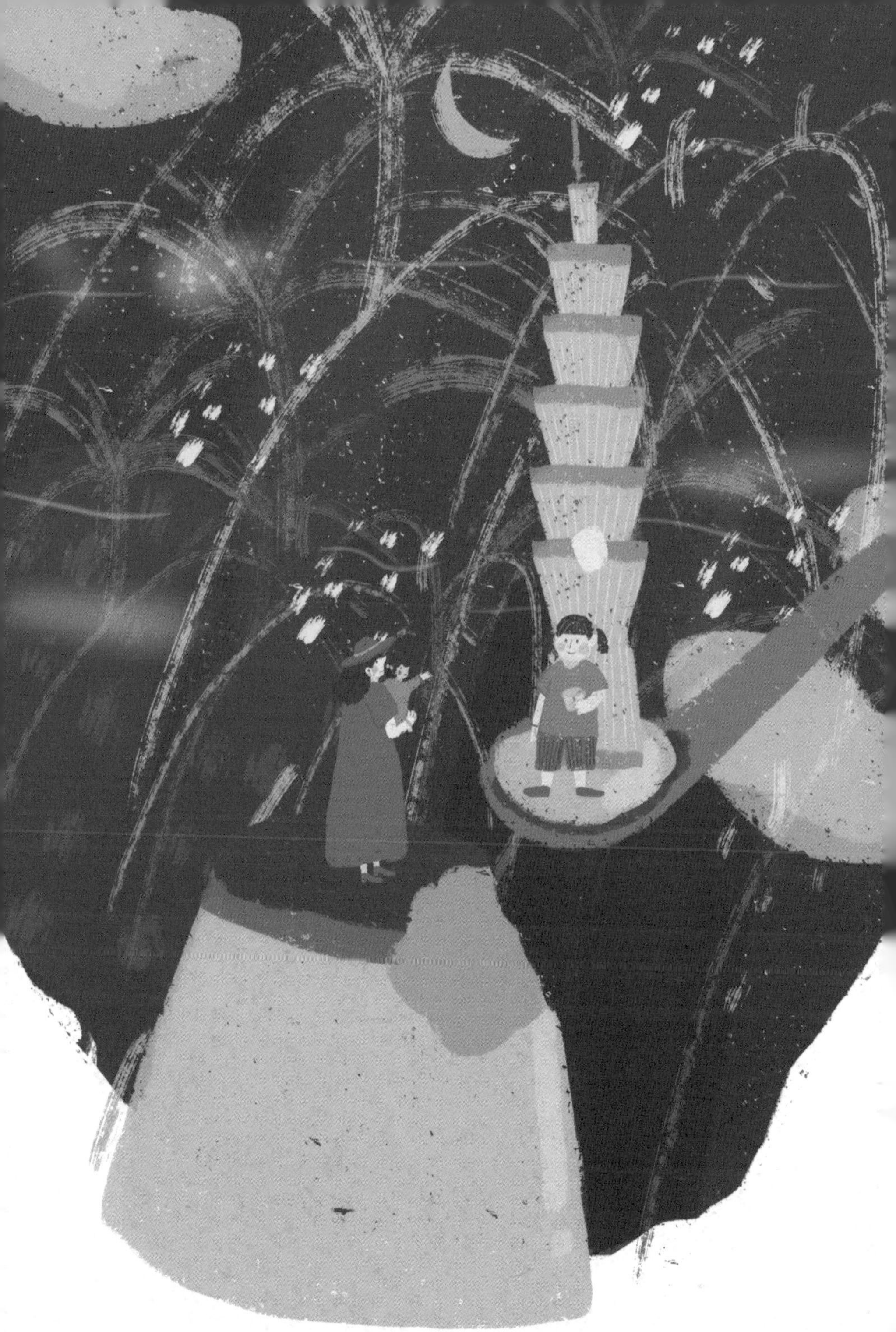

傳家小語

這是一個真實的故事。當我聽到這個溫馨的小故事時，心裡很受感動，決定要把這個故事告訴更多人。

在匆忙的生活裡，我們常常忘記要停下腳步關心別人。這位媽媽的愛心，不僅帶給小販一個溫暖的夜晚，更讓女兒得到「關心別人」這份最棒的新年禮物！

故事傳承人

石麗蓉，當過二十五年的老師，喜歡畫畫、寫寫、走路、看書、聽音樂。久居都市之後，現在練習當鄉下人。已出版作品：《小黑猴》、《我不要打針》（獲金鼎獎）、《穿越時空的美術課》、《12堂動手就會畫的美術課》、《爸爸的摩斯密碼》、《好傢伙，壞傢伙？》。

沙漠中的旅人

陳木城
·改寫自民間故事

走進沙漠的第五天，駱駝隊在一場沙漠塵暴中艱苦前進。沙暴過後，旅人發現他脫離駱駝隊了，未來的旅程必須一個人完成。

他重新定位，確定前進的方向和路線，也反覆檢查糧食和儲水，因為他知道，無論擁有多麼豐富的沙漠經驗，食物和水是生命的泉源。

黃沙蒼茫的大漠中，早晚溫差很大，艷陽高照的白天，溫度高達攝氏三十八度，到了晚上，往往降到攝氏零度左右，必須靠著晚餐的營火取暖。在寒夜裡，靠著滿天星斗，旅人不斷的定位，不斷的確認自己的方向。

這樣又過了三天，依然不見駝隊的蹤跡，也沒有經過預期會出現的綠洲，無法補充水源。旅人開始擔心糧食不夠了，最嚴重的是水的問題。這樣過了兩天，糧食已經所剩無幾，水袋裡的水也只能再撐一天。

又過了三天，一大早，旅人在飢餓中趁早啟程，他有預感，如果今天沒有奇蹟出現，不要說自己撐不下去，連可憐的駱駝也會因為脫水而走不動。在飢渴中，他仍然拖著沉重

的腳步，緩慢的向前走。終於，他發現前面的谷地上，有一間廢棄的小屋。看似很近，卻也有四、五公里遠，他搖搖欲墜的，盡了最後的力氣來到了屋前。

這不是小屋，而是一個破舊的營地，風吹日曬，散落的木柱，已經很久無人居住。在後面，他發現了一個手動汲水器，於是便用力打水，可是滴水全無。他看到旁邊有一個水壺，壺上有張紙條，上面寫著：「你要先把這壺水灌入汲水器中，然後才

能打水，同時，在你走之前，一定要把水壺裝滿。」他小心翼翼的打開水壺，發現裡面果然還有半壺水。

他想：如果把這半壺水倒入汲水器裡，但是汲水器不出水，那不就浪費了這半壺原本可以救命的水嗎？相反的，如果把這半壺水喝下去，固然可以暫時保命，卻不能保證隨後的旅途用水。

思前想後，他最後決定選擇相信，照著紙條上寫的去做。果然，汲水器中湧出了泉水，他痛痛快快的喝了個夠，也讓駱駝喝足了水，並且帶足了旅途要用的水。離開之前，他把水壺裝滿了水，細心的蓋上壺塞，並在紙條上加上了兩句話：「請選擇相信，依照紙條上的話去做。」

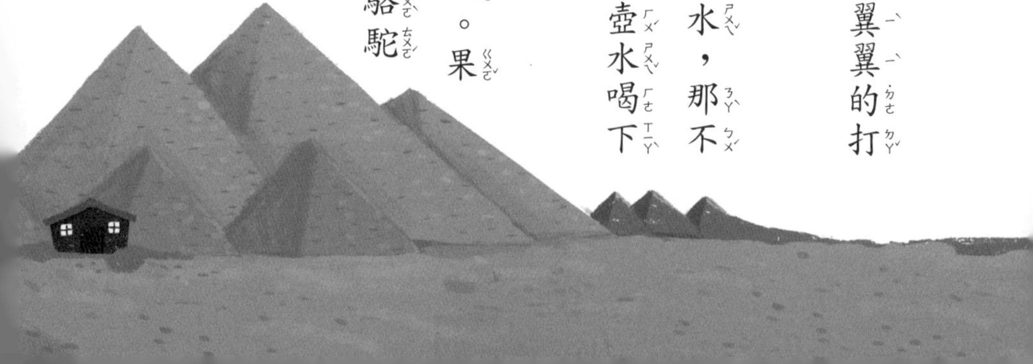

傳家小語

故事裡的兩難情境，提供了極大的思辨空間：要解決當下的口渴，還是要相信紙條上的留言？假設留言是對的，但是汲水器沒有問題嗎？地下水位沒有變化嗎？不過，就算是把這壺水喝了，不也是死路一條嗎？

在兩難中做選擇，其實充滿風險。最後，旅人選擇相信紙上的留言。這個故事好像在告訴我們：人生常會遇到兩難的難題，我們能做的是拿出智慧、充分思考，然後勇敢的做出抉擇。

故事傳承人

陳木城，兒童文學作家，歷任小學教師、主任、督學、校長，退休後從事生態、科技工作，曾任生態農場總經理、教育科技公司執行長。喜歡讀書寫作，創建新的事物，除了演講寫作，也擔任全球華文國際學校推動籌設等工作。

皇帝與大臣

陳昇群・改寫自民間故事

議事大殿上，大臣戰戰兢兢排成兩列，一片寂靜！只因三天前，又有一位文官在上諫時說錯話，直接被皇帝下放邊疆。

既然沒事可奏，皇帝將眾臣帶去皇宮的側院。

側院裡花木扶疏，還有一座養著錦鯉的大水池。皇帝指著大水池，問：「你們誰來告訴我，我得舀幾桶水，才能把這池裡的水全都

舀光？」

錦鯉優游的水池，幾乎占了整個側院的一半，到底有多寬多深，很難目測，哪裡能換算出幾桶水？

一時之間沒人敢作答。皇帝忍不住了，諷刺的說：「身居國家廟堂之上，我身邊的大臣，個個能耐僅是如此？」

群臣左顧右盼，開始用眼神互推，總要推一個人上前回答才行。

只是，這時候誰敢出頭？萬一答得不好，可能馬上就被皇上降罪。

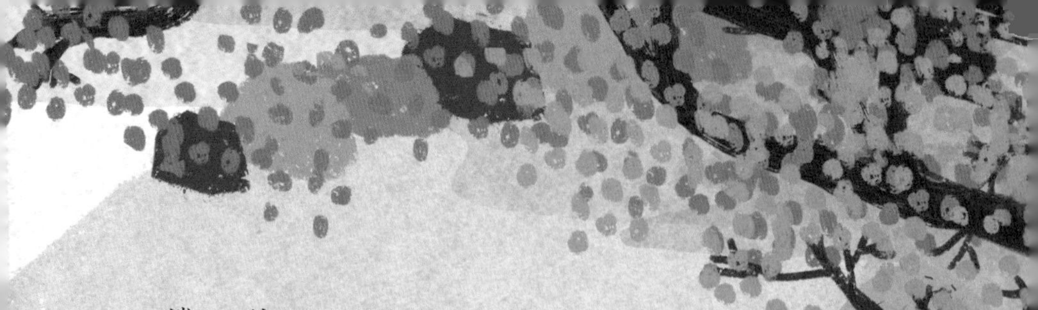

一位站在後頭的新進文官，被推上前來。這位文官姓曹，不久前還只是個地方小吏，因為公正廉明，獲得舉薦，至今上任不到兩天。

有了馬前卒，大夥兒全吁了口氣。只見曹姓文官緩步上前，他瞧了瞧水池，繞個幾步，然後謹慎的發問：「皇上，匆忙之間，我並未攜帶水桶，宮中可有準備？」

皇帝瞪他一眼，本想說：你只要回答幾桶便可。但隨之又想，好官得之不易，暫且不刁難他了，於是說道：「宮中桶子甚多，准你需求。」

曹文官躬身：「謝皇上，我只需跟這水池同樣大小的水桶，一個即可，若是沒有，找個有水池百分之一大的水桶，也行。」

在場大臣一聽，心都沉了。哪有這種水桶？簡直胡來！這位新任的文官可憐啊，才剛上任就要獲罪下放了。

不料皇帝竟沒說話，點了個頭，又領著眾臣走向一扇大銅門。

銅門早已斑駁變綠，看得出有很長一段時日都沒有清理。

皇帝指著銅門，說：「門都銹了，你們誰去推開它！喔，對了，別讓我發現你已年老力衰。不管是誰，推不開它，准你立刻告老還鄉，回家養身去吧。」

這是另一道難題嗎？大家心裡有數，卻也完全沒底。面對巨大的銅門，沒幾分力氣，恐怕很難推得開；再者，考慮到皇帝最近的作風，有人甚至懷疑，門後可能早已上鎖，或是設有陷阱……

見大家又開始猜疑不停，曹姓文官不慌不忙，逕自走向銅門，毫不遲疑的直接伸手——「咿」一聲，大銅門居然被輕易的推開。

群臣全愣在當場。

皇帝問曹姓文官：「你怎知這扇門可以推開呢？」

曹姓文官回答：「若是推不開，朝中將無人。」

「哈哈哈……」皇帝大笑說：「在池邊，我只看到你有腦子；現在你讓我看到，你兼具了勇氣的智慧。」

傳家小語

有智慧的人，面對考驗時，除了顯現出他的聰明、機智，同時也會顯現他所具備的其他美好品德，譬如勇氣或是仁慈的心。真正的智慧所散發的光芒，不會是一閃即逝的流星，而是恆星！小聰明與真正聰明的分野，應該也在這裡。

故事傳承人

陳昇群，臺東大學兒童文學研究所畢業，擔任小學教師多年，聽故事、說故事，是日常生活的一部分。寫過且發表的作品涉獵很廣，包括少年小說、童話、散文，新詩，曾獲梁實秋文學獎、教育部文藝創作獎、時報文學獎、國語日報牧笛獎、好書大家讀年度最佳少年兒童讀物獎等多種獎項。

國家圖書館出版品預行編目 (CIP) 資料

100 個傳家故事 . 第一集 , 蘇格拉底的智慧 / 周姚萍等合著 ; 兒童島繪 . -- 初版 . -- 新北市 : 字畝文化創意出版 : 遠足文化發行 , 2019.05
面 ; 公分
ISBN 978-957-8423-82-4(平裝)
859.6 108005806

XBSY0015

100個傳家故事 蘇格拉底的智慧

作者｜周姚萍、陳啓淦、徐國能、黃秋芳、湯芝萱
陳正治、謝鴻文、羅吉希、岑澎維等 合著
繪者｜KIDISLAND兒童島

字畝文化創意有限公司
社長兼總編輯｜馮季眉
主　　編｜許雅筑
責任編輯｜洪　絹
編　　輯｜戴鈺娟、陳心方、李培如
封面設計｜蕭雅慧
內頁設計｜張簡至真

出　　版｜字畝文化創意有限公司
發　　行｜遠足文化事業股份有限公司（讀書共和國出版集團）
地　　址｜231 新北市新店區民權路 108-2 號 9 樓
電　　話｜(02)2218-1417
傳　　真｜(02)8667-1065
客服信箱｜service@bookrep.com.tw
網路書店｜www.bookrep.com.tw
團體訂購請洽業務部 (02) 2218-1417 分機 1124

法律顧問｜華洋法律事務所　蘇文生律師
印　　製｜中原造像股份有限公司

2019 年 5 月 8 日　初版一刷　定價：320 元
2023 年 8 月　初版八刷
ISBN 978-957-8423-82-4　書號：XBSY0015

112